Soulmate UB

" 당신과 함께 하는 현재는
세상에서 가장 소중한 선물 입니다. "

너라는 선물

너라는 선물

지은이 전대진
펴낸이 임상진
펴낸곳 (주)넥서스

초판 1쇄 발행 2021년 12월 15일
초판 8쇄 발행 2023년 10월 2일

출판신고 1992년 4월 3일 제311-2002-2호
10880 경기도 파주시 지목로 5
Tel (02)330-5500 Fax (02)330-5555

ISBN 979-11-6683-182-9 03810

www.nexusbook.com

너라는
선물

전
대
진

넥서스BOOKS

안녕, 선물 같은 사람아

그런 기분 느껴본 적 있나요?

내가 줬는데, 내가 받은 거 같은 기분.
항상 가장 좋은 것을 주고 싶은 마음.

그런 애틋함으로 누군가를 생각하며
내 마음을 담은 선물을 정성스레 준비하면
그 시간들이 오히려 나에게 선물이 됩니다.

상식적으로는 분명 나의 시간과 물질과 에너지가 빠져나갔는데
오히려 내가 더 받은 거 같은 기분.
그게 바로 선물이 지닌 특별한 힘입니다.

선물은 준비하는 순간부터가 이미 선물이었고,
평범하게 반복되던 일상이 특별해지는 순간이죠!

현재(Present)는 선물(Present)이라고 했습니다.
어느 날, 이런 질문을 스스로에게 던져봤습니다.

'현재와 선물을 의미 있게 만드는 건 뭘까?'

현재가 소중한 이유는 그 순간을 살아가고 있는 사람이
그 시간에 의미를 담아주었기 때문입니다.
사랑하는 사람들과 함께하기에 현재는 의미가 있죠.

선물이 소중한 이유는 선물을 주는 사람의 마음과
받는 사람의 마음을 이어주기 때문입니다.
결국 주는 사람과 받는 사람이 있을 때 선물은 의미가 있죠.

현재와 선물 모두를 의미 있게 만드는 건
시간과 물건 자체가 아니라 결국 '사람'입니다.
사람이 선물입니다.

선물 같은 시간을 함께 살고 있는
선물 같은 당신에게 꼭 이 말을 전하고 싶습니다.

"당신을 생각하며 준비한 모든 과정이 이미 선물이었어.
나에게는 당신이, 당신과 함께하는 오늘이 최고의 선물이야.
고마워, 선물 같은 사람아."

차례

Part 2   좋은 관계를 위해 필요한 다섯 가지

Part 3   나를 일으키는 한마디

Part 4 진심과 정성이 합쳐질 때

Part 1

항상 네 곁에 있어줄게

항상 네 곁에 있어줄게

●

"소중한 사람에게 힘든 일이 닥쳤는데,
　제가 해줄 수 있는 게 없어요.
　상처받은 그를 위로해주고 싶은데,
　무슨 말을 해줘야 할지 모르겠어요."

섣부른 위로를 했다간 오히려 그 상처를 더 건드리는 건 아닐지,
어설픈 위로는 안 하는 것만 못 할 텐데 괜히 안 좋은 결과를
초래하는 건 아닐지. 그런 생각에 위로하기가 조심스러워서
망설이는 사람이 많다는 걸 알았다.

상처받은 사람에게는 어떤 말을 해줘야 할까?
오래전 2년간 최선을 다해 준비했던 시험에 낙방하고,
크게 낙심해서 유서까지 쓴 나에게

가장 큰 힘이 된 말이 있었다.

"힘 내, 다 잘될 거야"와 같은 무조건적인 긍정의 말이 아니었다.
"네가 얼마나 힘든지 잘 알아. 그래서 나도 마음이 아파.
내가 네 모든 아픔을 다 이해할 순 없겠지만,
내가 네 곁에 있어줄게."

힘들 때 곁을 지켜주는 사람이 있다는 것,
그 자체가 힘든 사람에게는 큰 힘이 된다.

상처받거나 낙심한 사람의 마음을 여는 말은
"결국 잘될 거야" 같은 결과 중심의 말보단,
"함께 있어줄게" 같은 과정 중심의 말이었다.

지난 5년간 매년 1,000명의 고민을 들어주곤 했다.
상처받은 사람들, 어디에도 털어놓을 곳이 없어
힘들어 하는 사람들의 고민을 밤새 들어주곤 했다.
그러다 몸의 이상신호까지 온 적도 있었다.

그중에는 학생들이 많이 연락 오곤 했는데,
학생들을 위해서 글을 쓰면 반드시 그 밑에
내 연락처를 남기고 이런 말을 덧붙이곤 했다.

"너희가 힘들 때면 언제든 연락해.
늦은 시간이어도 상관없으니까,
너희가 하고 싶을 때 하면 돼. 나는 늘 너에게 열려있으니까."

그렇게 남겨놔도 실제로 연락이 오는 학생은
10명 중 1명이 될까 말까 했다.
하지만 세월이 지나고 대학생이 된 친구들이
어느 날 갑자기 나를 찾아오면
내게 늘 같은 말을 하곤 했다.
그중에는 나와 메시지를 주고받은 적이
전혀 없는 친구들도 허다했다.
하지만 나의 글과 자기들을 돕고 싶어 하는
내 진심을 느꼈다며 이렇게 말했다.

"제가 힘든 시간을 보낼 때 함께해주셔서 너무 큰 힘이 됐어요.
이렇게 직접 뵙는 건 처음이지만, 처음 뵙는 것 같지가 않고,
항상 곁에 계셨던 것 같아요. 힘들 때마다 늘 생각이 났어요.
그리고 좋은 일이 생기면 가장 먼저 자랑하고 싶은 분이세요.
항상 변함없이 그 자리에 계셔주셔서, 함께해주셔서 감사해요."
내가 그들에게 한 말은 특별한 게 아니었다.

"언제든 네가 말하고 싶을 때 말해."
"지금도 좋고, 꼭 지금이 아니어도 돼."
"내가 도울 수 있는 게 있다면 말해."

이 세 가지가 전부였다.
자기가 힘들 때 언제든 찾을 수 있는
존재가 있다는 것 그 자체로 큰 힘이 됐단다.
설령 실제로 찾지 않았음에도 말이다.
그저 그런 존재가 있다는 자체로 힘이 되는 것이다.

상처받은 사람을 위로하고 싶다면
이 세 가지를 꼭 기억했으면 한다.

첫째, 기다려주기
상처받은 사람이 자기 스스로 마음을 열고
말할 때까지 충분히 기다려주는 여유를 가질 것.

둘째, 결정권 주기
난 언제든 널 도울 준비가 돼있으며 그건
네가 결정할 수 있다고 결정권을 줄 것.

셋째, 함께해주기
과정을 홀로 내버려두지 않겠다고 하고,
매 순간 걸음걸음을 함께하겠다고 할 것.

같이 있으면 좋은 사람

1. 마음이 편안해지는 사람
2. 자꾸 웃게 되고 즐거운 사람
3. 배울 점이 있는 사람
4. 대화가 잘 통하는 사람
5. 늘 긍정적이고 활력이 넘치는 사람

사람은 추운 곳에 있으면 따뜻한 곳을 찾게 되고,
불편한 곳에 있으면 편안한 곳을 본능적으로 찾기 마련이다.
관계도 마찬가지다. 결국 좋은 사람을 찾게 되고,
나에게 긍정적인 영향을 주는 사람을 찾기 마련이다.

달 같은 사람

어린 시절에는 많은 사람들이 우러러보며
홀로 빛나는 '해 같은 사람'이 되고 싶었다.

하지만 해가 화창하게 뜬 대낮에 하늘을 바라보면
해가 홀로 빛날 뿐 주변에는 시시각각 모양을 바꾸며
만질 수 없는 구름들이 있을 뿐이었다.

반면에 시골에서 달빛이 빛나는 밤하늘을
바라보면 수많은 별들이 함께 빛나고 있었다.

나 홀로 빛나는 외로운 '해 같은 사람'이 되기보단,
어둔 밤을 밝히며 수많은 별과
함께 빛나는 '달 같은 사람'이 되고 싶다.

너라는 선물

행복과 불행

●

인생의 행복은 내가 가진 것을 소중히 여기는 순간이고,
인생의 불행은 내가 잃어버린 것을 그리워하는 순간이다.

내 행복은 내가 결정할 수 있다.
나는 내가 잃어버린 것들을 그리워할 수도,
이미 가진 모든 것들에 감사할 수도 있다.
나는 행복하기로 선택했다.

너라는 선물

아프면 아프다고 말해야 한다

●

아프면 서럽다.

아프면 미련하게 계속 참지 말자.

습관적으로 "괜찮다"고 하지 말자.

안 괜찮으면 하나도 "안 괜찮다"고

말할 수 있어야 한다.

계속 참으면 더 큰 병난다.

아프면 자기만 손해다.

아무도 안 알아준다.

내가 괜찮다고 하면 남들은

진짜로 괜찮은 줄 안다.

몰라준다고 서운해 하지 말자.

사람이 원래 그렇다.

자기 발에 작은 가시가 박힌 고통이

남의 불치병보다도 더 크게 느껴진다.
사람들은 내가 말하지 않으면 모른다.
그렇게 미련하게 계속 안 참아도 된다.

모든 꽃이 피는 시기가 다르다

●

모든 꽃이 봄에 피는 게 아니듯,
모든 일은 저마다 타이밍이 있다.

중요한 건 언제 피느냐가 아니라
나도 꽃 피울 수 있는 존재라는
믿음을 포기하지 않는 것이다.

자연에는 사계절이 있다.
계절마다 피는 꽃이 다 다르다.

사람들은 계속 꽃을 피우는 것 자체에만
관심을 가진다. 그리고 내가 원하는 타이밍에
그 일이 이루어지지 않으면 낙심하고, 조급해 한다.

그리고 온전히 현재를 살지도 못하고,
일어나지 않은 일들을 앞당겨 걱정하곤 한다.

꽃을 피우기까지의 '과정'이 선물이 되려면,
나는 어떤 꽃인지 스스로 관심을 갖는 것과
나의 계절은 언제인지를 아는 게 중요하다.

불안으로 채우며 시간을 보내든,
설렘으로 채우며 시간을 보내든,
그 와중에도 시간은 흐르고 있다.

나에게도 반드시 그날은 올 것이기에
그때까지 내가 나를 포기하지 않고,
끝까지 믿어줄 용기가 필요하다.

너라는 선물

힘 좀 빼고 살자

●

너무 억지로 용쓰는 것보다도
물 흘러가듯 자연스러운 게 최고란 생각,
열심히 하는 것보다도
똑똑하게 하는 게 더 중요하단 생각이 든다.

옛날에 이런 유의 만화나 영화가 많았다.
최고의 무술 고수가 되기 위해 수행하던 한 젊은이가
어느 날 무림 고수가 어느 산에서 도를 닦는다는 소문을 듣고
길을 떠나 먼 길을 가서야 힘겹게 고수를 만난다.
그런 고수들은 하나같이 겉모습이 근육질이거나
우락부락하지 않고 호리호리하고
'이 사람 사기 아니야?'란 의심이 들 정도로 왜소하다.

너라는 선물

젊은이가 그에게 제자로 받아달라고 요청하면

어차피 받아줄 거라면 곱게 받아주지,

꼭 산 밑에 강가까지 내려가서 물을 떠오라고 하거나

장작을 베라고 하거나 돌탑을 쌓으라고 한다.

여기서 포인트는 기껏 쌓은 탑을 발로 차서 무너뜨리며

"모양이 안 예쁘니 다시 쌓아!"

라고 하며 사람을 약 올리는 것이다.

젊은이는 마지못해 이 일을 꾸역꾸역 해낸다.

이제는 검술을 가르쳐줄 줄 알았더니

그다음은 바닥을 닦으라고 한다.

바닥을 닦는 게 마음을 닦는 거라며 말이다.

젊은이는 속으로 욕하면서도 할 건 다 한다.

그 고생을 다 하고 나서야 고수는

"그래, 이제 슬슬 검을 잡아도 되겠군!"

하며 겨우 검술을 가르쳐준다.

그때마다 고수가 제자에게 하는 말이 "힘 빼"라는 말이다.

'아니, 이기려면 힘을 내야지 왜 힘을 빼라고 할까?'

어릴 때는 그냥 하는 말이겠다 싶었는데
요즘은 그 말에 담긴 의미를 다시 생각하게 된다.
사람이 너무 긴장하면 본 실력이 안 나온다.
4년간 올림픽을 준비한 선수들도
너무 긴장한 나머지 부정 출발로 실력 한번
제대로 발휘 못 해보고 실격이 될 때도 있다.
예전에 마린보이 박태환 선수가
올림픽에서 부정 출발로 실격이 된 적이 있다.
얼마나 억울했을까?
모든 준비가 한순간에 물거품이 되니 말이다.
그런데 이게 비단 운동선수에게만 해당되는 말이 아니더라.

사람이 '힘을 뺀다'는 게 '나태함',

'안일함'의 의미가 아니다.

진짜 나 자신으로 살기 위해서 지나치게

남의 시선을 의식하는 무의미한 긴장의 끈을 푸는 것.

내가 원하는 것들을 이루기 위해서

혹은 진짜로 중요한 것에만 집중하기 위해

중요하지 않은 것들에 대한 힘을 빼는 것.

정말로 힘을 쏟아야 할 곳에만 힘을 내는 것이 중요하다.

그러기 위해서는 평소에 불필요한 곳에 너무

힘을 쓰지 않고 힘을 빼는 게 중요하고 지혜로운 자세더라.

힘 좀 빼자. 힘 좀 빼고 살자. 힘은 써야 할 때만 쓰면 된다.

자신을 지키는 법

●

1. 나를 책임져주지 않을 사람들이
막 던지는 말에 너무 휘둘리지 말 것.

2. 뛰어난 사람에게는 겸손히 배우되
남과 비교하며 스스로 작아지지 말 것.

3. 나에게 함부로 대하는 사람에게
더 이상 감정 소모, 시간 낭비하지 말 것.

휘둘리지 말고, 작아지지 말고, 낭비하지 말기.

뭘 해도 될 사람

●

내가 감당할 수 있는 만큼만 해야 한다.
뭐든지 너무 조급하게 서두르다가 넘어지고,
무리하다가 늘 다치는 법이다.
무슨 일을 하든지 자기만의 페이스를 유지하고,
남보단 나 자신에게 집중하는 것이 현명하다.

무슨 일을 하든지 가장 안전하면서도
가장 확실하면서도 가장 제대로 하면서도
가장 빨리 해내는 법은 나의 속도를 지키고,
계속하고 그 경험과 지혜를 쌓아가는 것이다.
내가 원하는 목표를 위해 급하게 서두를 필요도 없겠지만,
그렇다고 안일하게 멈춰 있어서도 안 된다.
그것만 기억하고 지킨다면 결국은 그 사람은 되기 마련이다.

좋은 순간에 오래 머무르고
힘든 순간을 빨리 지나가다

사람은 일이 잘 풀리고 잘나갈 때는
현실을 실제보다 더 좋게 보는 경향이 있고,
일이 잘 안 풀리고 어렵고 힘들 때는
현실을 실제보다 더 나쁘게 보는 경향이 있다.

좋은 시기를 계속 보내다 보면
자기도 모르는 사이 어깨에 힘이 들어가면서
그 순간이 영원할 거라는 착각을 한다.

힘든 시기를 계속 보내다 보면
앞으로도 어려움이 끝없이 이어질 것이라는
착각과 함께 두려움을 느끼게 된다.

너라는 선물

하지만 세상만사 좋은 순간이든
힘든 순간이든 영원한 건 없다.

그렇다면 어떤 것이 좋은 순간을 만들고,
어떤 것이 힘든 순간을 만드는 것일까?
어떻게 하면 좋은 시간은 더 길게 갖고,
힘든 순간은 더 짧게 보낼 수 있을까?

누구나 전성기를 유지하고 싶어 하지만
그곳에서 빨리 밀려나게 되는 원인은
자신감이라는 탈을 쓴 '오만함'이다.

누구나 침체기를 극복하고 싶어 하지만
그곳에서 계속 머무르게 만드는 원인은
안일함이라는 탈을 쓴 '두려움'이다.

그러니 눈앞의 현실과 친해져야 한다.
도망치지도 왜곡하지도 말아야 한다.
좋은 것이든 나쁜 것이든 과장하지도
왜곡하지도 않으며 현실을 있는 그대로
받아들이는 것이 필요하다.

내가 원하는 인생을 살자

●

남이 원하는 인생이 아닌,
내가 원하는 인생을 살자.

남이 원하는 대로 살지 말고,
내가 진정 원하는 대로 살자.

남의 비위를 맞추고,
남의 시선을 지나치게 의식한다고 해서
좋은 결과라도 있으면 모를까.
그렇게 한다고 내가 기대했던
좋은 결과가 생기는 것도 아니고,
살아가는 과정 속에서도 내내
불행해지는 지름길이더라.

너라는 선물

행복한 사람도, 성공한 사람도 다들
자기 스스로 그 행복과 성공을 정의하고,
그대로 살았던 사람들이다.

옷을 살 때도 마네킹이 뭘 입고 있고,
모델이 뭘 입고 있고, 남들이 뭘 많이 입든지,
결국 나한테 어울리고, 나한테 편하고,
나한테 좋은 게 중요한 거다.

나 자신으로 살자.

내가 나를 믿어줘야 하는 이유

●

남의 인정을 받으려 너무 애쓰지 말자.
하지만 우리가 경쟁 사회에 살고 있으면서
남의 인정을 받지 않겠다거나
그러한 인정이 필요 없다거나 무가치하다고 말하는 건
속세와의 인연을 끊고 현실을 도피하는
겁쟁이의 합리화일 수 있고, 아직 세상을
너무 모르는 어린아이의 어리광일 수 있다.

본인이 더 이상 남의 인정을 받을
필요가 없을 만큼 성공한 위치에 올라갔거나
아니면 이미 이 세상 사람이 아니라서
사람의 평가를 들을 수 없는 존재가 아니라면 말이다.

너라는 선물

우리는 본능적으로 '인정'을 필요로 한다.

내가 무언가를 해낼 수 있다는 성취감이

내가 나 자신을 인정하게 만들고,

더 나은 내가 되고 싶은 마음에 불을 지피기 때문이다.

그리고 그런 열망이 하루하루 더

내가 바라는 모습의 내가 되게 만든다.

그 과정에서 먼저는 내가 행복하고,

내가 행복하고 성공할수록

사랑하는 사람들과 주변 사람들에게도

더 많은 것을 나눌 수 있는 사람이 된다.

그럼 인정은 자연히 맺히는 열매일 뿐이다.

그 인정은 행복의 자원이 된다.

그로 인해 내 인생은 마음에서부터 풍요로워진다.

마음에서부터 가난하고 쫓기고 남의 인정을

갈구하고 쫓으면 점점 더 원하는 모습에서 멀어진다.

그러기 때문에 내가 먼저 행복해야 한다.

내가 먼저 나를 믿어줘야 한다.

내가 먼저 나를 인정해줘야 한다.

너는 네가 원하고 바라고 기대하는
모든 것들을 이룰 수 있다고,
너도 할 수 있다고, 그러니 네가
너 스스로를 제한하지 말라고 말이다.

내가 바라는 모습의 내가 된다면 남의 인정은 따라온다.
"믿음 소망 사랑 그중에 제일은 사랑이다"라는
성경 구절이 있다.

믿음 소망 사랑 그중에 제일은 사랑이지만,
시작은 믿음이다. 믿음이라는 기초가 없으면
그 위에 소망(꿈)이라는 집을 세울 수도 없고,
나는 물론 어느 누구도 사랑할 수 없다.

"Everything is possible for him who believes."

_Mark 9:23

너라는 선물

빛나는 인생

●

1. 이미 '나'인 것에서 출발하기.
2. '어제의 나'에게서 배우기.
3. '오늘의 내 현실'에 충실하기.
4. '내가 되고 싶은 모습' 상상하기.
5. '매일 한 걸음씩' 더 다가가기.

다른 사람이 말하는 인생을 살지 말고,
나 자신의 인생을 사는 것에서부터 출발하자.

과거에 내가 내린 선택들을 통해 반성할 것은 철저히 반성하고,
그걸 통해 배우며 교훈을 얻자.
후회에 그치지 말고, 그 안에서 보물을 발견하고 활용하자.
내가 나 스스로에게 멘토가 되자.

지나간 과거에 얽매이지 않고,

오늘 내게 주어진 현재에 충실하자.

내가 바라고 원하고 꿈꾸던 모습을

마음속으로 날마다 기대하고 상상하자.

그것이 이루어지도록 만드는 법은 결국 일상 속에서

매일 사소한 좋은 습관을 지속 반복하고,

좋은 선택과 좋은 경험을 쌓아나가는 것임을 알자.

요행을 바라지 말자. 비법을 찾지 말자.

처음부터 좋은 선택을 잘할 수는 없다.

좋은 선택을 내리기 위해서는

잘못된 선택을 많이 해본 사람만이 할 수 있다.

거창하게 시작하지 말고, 내가 할 수 있는

가장 작은 일부터 시작해보자.

그 일을 미루지 말고 지금 바로 해보자.

빛나는 인생은

남들이 모르는 특별한 비법에 있지 않고,

평범한 일상 속에서 만들어진다는 걸 알자.

특별한 비법이 어딘가에 숨어있는 게 아닌,

내 안에 이미 특별한 DNA가 있다는 걸 알자.

너라는 선물

진짜 자유

하고 싶은 걸 마음껏 다 할 수 있는 것보다
하기 싫은 걸 얼마든 안 할 수 있는 게
진짜 자유인 것 같다.

살면서 하기 싫은 일을
마지못해 해야만 하는 상황이 있고,
피하고 싶은 상황과 불편한 사람을
계속해서 만나야 하는 때가 있으니 말이다.

혼자 있는 시간

●

혼자 있는 시간을 소중히 여길 줄 알자.

혼자 있는 시간은 나를 채우는 시간이고,

누군가와 함께하는 시간은 주로 내 것을 나누는 시간이다.

나를 채울 틈도 없이 나누기만 하면 결국 고갈될 수밖에 없다.

사칙연산에서 '더하기'를 가장 먼저 배우고,

'나누기'를 가장 나중에 배우는 데는 다 이유가 있지 않을까.

너라는 선물

길을 잃었을 때

잃은 것만 생각하느라
내게 이미 주어진 것을 잊지 말 것.

살아온 날보다 앞으로 살아갈 날이
훨씬 많이 남아있다는 것.

소중한 사람과 함께 사랑하고,
살아가는 매일이 소중하다는 것.

잠만 잘 자도 인생이 잘 풀려

몸이 피곤하면 예민해지고 까칠해진다.
예민하면 긍정적인 반응이 나오기 어렵다.
그럼 소통에서 문제가 생기고,
결국 관계에서 마찰이 생긴다.

마찰이 생기면 스트레스가 늘어난다.
스트레스가 늘면 집중력이 떨어진다.
집중력이 떨어지면 실수가 늘어난다.
실수가 늘면 일에서 펑크가 나고
업무 효율이 점점 더 떨어진다.
그러면 성과가 좀처럼 나오지 않는다.
나름 열심히 한다고 했는데,
기대한 결과물이 나오지 않으면

마음이 점점 조급해지고 착잡해진다.

조급한 마음은 더 큰 실수를 부른다.
작은 실수가 계속 쌓이면 큰 실수를 부르고,
큰 실수는 결국 실패를 부른다.
실패는 나를 주저앉게 만들고, 두려움을 느끼게 만든다.
두려움은 인생 최대의 적이다.
매일 똑같이 하던 일에서 두려움을
느끼면 자존감이 떨어진다.

자존감이 떨어지면 점점 움츠려든다.
움츠려들면 새로운 시도를 하기가 더욱 두려워진다.
두려우면 가만히 있게 된다.
가만히 있으면 죄책감이 늘고,
죄책감은 자존감을 계속 떨어뜨린다.
그러다 점점 무기력해진다.

모든 불행의 시작은 '잠'이었다.
우울증과 함께 늘 따라다니는 게
수면장애와 불면증이라고 한다.
잠만 잘 자도 많은 것들이 달라진다.

에너지부터 끌어올려

모든 변화에는 무조건 '에너지'가 든다.

그것이 좋은 변화든, 나쁜 변화든 말이다.

삶의 좋은 결과를 만들어내기 위해서는

그에 맞는 에너지를 가지고 해야 한다.

내 그릇이 받쳐줘야 그 안에

뭐라도 담을 준비가 된 것이다.

차에 기름을 넣지 않고

그 차가 계속 굴러가길 바라면 안 된다.

폰의 배터리가 점점 바닥을 치고 있는데,

그 폰이 제대로 작동하길 바라면 안 된다.

사람도 계속 활동하기 위해서는 에너지가 필요하다.

나아가 삶에 어떤 긍정적인 변화를 만들어내려면

더 큰 에너지가 꼭 필요하기 마련이다.
왜냐면 어찌 됐든 현재 나에게 익숙하지 않은
새로운 무언가를 하는 것이기 때문이다.
더군다나 처음에는 습관이 안 돼 있기 때문에
의지적으로 노력을 해야 하기 때문이다.

세계적인 성과 코치인《식스 해빗》의 저자
브랜든 버처드는 "좋은 습관을 가지려면 우선
내 에너지 레벨부터 끌어올려야 한다"고 한다.
한국에서는 "너 지금 잠이 오냐?"라고 하며
잠자는 시간을 게으름과 연결 짓는 경향이 있고,
잠을 최대한 줄이는 법에 대한 조언이 많다.
하지만 뛰어난 성과를 만들어내는
세계 최고의 구루들은 하나같이 말한다.

"충분한 잠을 자라, 적당한 운동을 해라."

에너지 레벨을 끌어올리기 위해서는
'잠'을 충분히 자야 한다.
잠은 변화를 만들어내기 위해 반드시
준비해야 하는 준비물이다.

무기력에서 '무'를 빼는 법

●

대부분의 사람들이 원하는 삶을 살지 못하는 이유는
능력이 부족해서가 아니라 새로운 행동을 하지 않기 때문이다.

행동은 감정과 연결돼있다.
어떤 감정 상태인가에 따라 행동이 결정된다.
긍정적인 감정은 긍정적인 행동을.
긍정적인 행동은 긍정적인 결과를.
결국 감정이 결과를 만들어낸다.

미국 대통령 4명을 코칭한 세계 최고의
변화 심리학자이자 코치인 토니 로빈스는
전 세계 1,000만 부 이상 판매된 그의 저서

《네 안에 잠든 거인을 깨워라》에서
인생을 바꾸기 위해서는 감정상태를
바꿔야 한다고 조언한다.
감정상태를 바꾸기 위한 가장
효과적인 방법은 두 가지다.

첫째, 움직임 바꾸기.
자신감이 넘치는 포즈를 취해보자.
슈퍼맨처럼 양손을 허리에 올리고, 2분간 숨을 깊게 쉬자.
이때, 우리 몸 안에서는 호르몬의 변화가 일어난다고 한다.
이것만으로 새로운 행동을 취할 가능성이 급격히 올라간다.
조던 피터슨의 《인생의 12가지 법칙》에서도
같은 원리로 소개된 방법이다.

둘째, 질문을 던지기.
긍정적인 감정을 불러일으키는 스위치를 켜보자.
내가 가장 행복했던 순간,
무언가를 성취했던 순간을 떠올려보자.
지금 이 순간 감사한 것에 집중해보자.
나를 가슴 뛰게 하고 원하는 것을 상상해보자.
그리고 그 벅찬 감정을 담아 소리를 외쳐보자.

지금 바로 행복해지는 법

행복은 능력의 문제가 아니라
선택의 문제라는 말이 있다.
그 선택의 눈에 보이는 행동은 언제나 예외 없이
'감사할 줄 아는 태도'였다.
감사할 줄 안다는 건 만족할 줄 아는 것이다.

어떤 사람은 자기 스스로가 설정해둔 목표를
성취하는 것에서 만족을 느끼는 사람이 있고,
지금 자기가 이미 가진 것에서
소소한 행복으로 만족을 느끼는 사람도 있다.
행복에서 중요한 건 '규모'가 아니라 '만족'이다.

반면, 어떤 상황에서도 불행을 선택한 사람들은
자기가 갖지 못한 것에만 집중하느라
이미 가진 것들에 대한 소중함을 잊어버린 사람들이었다.

행복을 선택하는 사람이 취하는 행동은
거창한 방법이나 특별한 비결도 없었다.
상황에 관계없이 감사할 줄 아는 사람이었다.
좋은 일이 생겨야 감사하는 게 아니라 평소에
감사할 줄 아는 사람은 어떤 상황에도 감사할 수 있다.

신에게 행복을 달라고 기도하면,
'감사하는 법'을 배우게 할 것이다.

신에게 행복을 달라고 기도하면,
행복을 선택할 수 있는 기회를 줄 것이다.

바로 지금, 스스로에게 이 질문을 던져보자.

〈하루를 시작할 때〉

지금 이 순간 내가 감사한 일은 무엇인가?

오늘 하루를 기분 좋게 만드는 것은 무엇인가?

〈하루를 마무리할 때〉

오늘 있었던 굉장한 일은 무엇이었는가?

오늘을 어떻게 더 좋은 날로 만들었는가?

현재를 가장 잘 사는 법

●

현재를 잘 사는 법은 두 가지인 거 같다.

첫째, 지금 이 순간 내가 해야 하는
가장 옳은 일에 온전히 집중하는 것이다.

마라톤 선수들은 죽을힘을 다해 42.195km를 달린다.
그런데 중간중간에 페이스를 조절하며
필요한 수분을 지속적으로 섭취한다.
그래야 끝까지 달릴 수 있으니까.

현재를 잘 사는 사람도 그렇다.
지금 해야 할 일에만 집중하는 거다.
일할 때는 잘 일하고, 쉴 때도 잘 쉰다.

그리고 이왕이면 더 잘해내려고 건강한
고민을 하고 도움이 되는 일에 집중한다.
그 외에는 그 순간에는 잊어버리는 거다.
왜냐면 그게 지금 내가 해야 하는 가장
중요하고, 옳은 일이기 때문이다.

둘째, 불필요한 것을 제거하고 필요한 것을
추가하고 변화에 유연하게 대응하는 것이다.

많은 사람들이 변화하기 위해서는 '불굴의 의지'가 필요하고,
성공하기 위해서는 남다른 '간절함'이 필요하다고 생각한다.
그런데 학교 운동장에서 불굴의 의지를 갖고,
간절하게 땅을 판다고 해도 석유는 영원히 나오지 않는다.
삶에서 내가 바라는 의미 있는 무언가를 만들기 위해서는
'열심히'보다 '제대로'가 중요하고, '감정'보다 '실행'이 중요하다.

간절함이 시작하게 만드는 계기는 될지 몰라도
간절함 자체가 이뤄주는 건 아무것도 없다.

'이거 아니면 안 돼'라는 꽉 막힌 간절함보단,
'아님 말고'라는 생각으로 곧바로 새로운 방법을
시도해보는 게 오히려 더 좋은 결과를 가져온다.
불필요한 건 과감히 버리고, 유연하게 대응하자.

이 일을 하는 게 맞을까?

기존에 하던 일을 그만두고 새로운 일을
시작하고 싶은 생각이 드는 순간이 있다.
그리고 내가 지금 하고 있는 일은 무의미해 보이고,
뭔가 내 마음을 끄는 그 일은 매력적으로 느껴질 때가 있다.
물론 새로운 시도는 좋은 것이고, 용기 있는 것이다.
하지만 중요한 건 어떤 특정한 '일(Job)'이 아니라
그 일을 하는 '나'라는 걸 깨달았다.

왜냐면 지금 매력적으로 보이는 그 일은
시대 변화에 따라 또 바뀔 것이기 때문이다.
그래서 어떤 일을 하느냐보다 중요한 건
그 일을 대하는 '나'의 태도다.

일을 뜻하는 영어 단어로는 직업을 뜻하는
'Job'과 소명을 뜻하는 'Calling'이 있다.
전자는 생계를 위해 돈을 벌기 위해 하는 일이고,
후자는 그 일에서 사명감을 갖고 하는 일이다.
물론, 모든 사람들이 숭고한 사명감을 가져야 한다거나
지금 바로 없던 사명감을 가지라는 건 아니다.
하지만 Job은 외부 환경에 따라 계속
사라지고 생기길 반복하지만, Calling은
외부 환경에 따라 영향받지 않고 사라지지도 않는다.

뭘 해도 될 사람이 되는 게 더 현실적이다.
왜냐면 시대의 변화는 내가 다 예측할 수도 없고
내가 통제할 수도 없지만, 나의 태도는
내가 결정할 수 있기 때문이다.

뭘 해도 될 사람이 된다는 건
거창하고 감상적인 말이 아니다.
눈앞에 주어진 일을 제대로
해내는 것부터 시작하면 된다.
그리고 남들보다 '조금 더' 고민을 추가하기만 하면 된다.
어떻게 하면 보다 더 잘해낼 수 있을지를 고민하는 거다.

깊은 고민은 좋은 답을 찾기 마련이다.
이 다섯 가지 작은 태도가 흔들리지 않는 나를 만든다.

첫째, 매력적이게 보이는 그 일도
하기 싫어지는 순간이 올 수 있다.

둘째, 새로운 시도를 하든 안 하든 주어진 일에
집중하든 안 하든 그 와중에 시간은 간다.

셋째, 내가 하고 있는 혹은 하고 싶은 그 일이
훗날 나의 미래에 어떻게 연결될지를 항상 생각하자.

넷째, 일을 대하는 나의 태도가 어떤가?
내가 더 나은 내가 되도록 나를 나아가게 만드는지
아니면 계속 불평불만만 늘어놓으며
나를 주저앉히는지 돌아보자.

다섯째, 꼭 그 일이 아니어도
어떤 일이 주어져도 해내는 사람이 되자.
그런 사람이 되기 위해서 내가 지금 여기에서
할 수 있는 작은 일이 무엇일지 고민하자.

너라는 선물

가슴이 시키는 일 하지 마

한때 좋아했던 사람.
밤을 지새우며 진심을 나누고 평생 갈 것만 같았던 사람도
지금은 '잘 지내?' 하고 메시지 한 번 보내기도
껄끄러운 사이가 되는 순간을 경험한 적이 있을 거다.
좋아하는 일도 마찬가지다.

지금은 너무 좋아서 시간 가는 줄 모르는 그 일이
나중에는 꼴도 보기 싫은 일이 될 수도 있다는 걸
항상 염두에 둬야 한다.
그 일이 그저 취미라면 관계없지만,
내 생계와 장래와 연결된 일이라면

단순하게 가슴이 시키는 일을 하는 건 아주 무모한 행동이다.

무언가를 도전한다는 건 좋은 태도다.
하지만 우리는 이제 대통령을 꿈꾸던 어린아이가 아니다.
꿈이 소중한 이유는 내가 현실을 힘 있게
살아갈 수 있는 동력을 제공해주기 때문이다.

'큰 꿈을 품어라! 꿈이 있는 사람은 아름답다!' 하고
감상적인 이야기를 하려는 게 아니다.

꿈은 사람을 혹독하게 다룬다.
꿈이 없으면 느끼지 않아도 됐을 고통을 겪게 한다.

'문제'는 내가 바라는 미래와 현재 일어나고 있는 일
사이에 차이가 발생한 것이다.
그 차이를 메우기 위해선 기존에
하지 않던 무언가를 해야만 하고,
그 행동은 자연스럽게 고통을 수반한다.

그 고통을 기꺼이 감수하고서라도 해내고 싶다면
망설이지 않고 그냥 하면 된다.
그런데 이왕이면 나한테 남는 걸 하자.
남는 걸 위해 고통을 감수하자.

허황된 꿈이 아니라 가능한 꿈을 이루자.

가능한 꿈을 이룬다는 건 내가 지금 여기에서부터
해낼 수 있는 작은 일을 해내는 것으로 출발하자는 의미다.
그것이 누적되고 쌓여서 불가능하리라 생각했던 것을
해내는 것을 경험하게 될 것이다.

내가 하고 싶은 일이 나를 행복하게 하고,
성공하게 하는 게 아니라
해야 하는 일을 제대로 하는 것이
행복과 성공을 가져오는 게 진실이다.

세상에 어디엔가 가슴 뛰게 하는 일이 숨어있는 게 아니라
매 순간 가슴 뛰게 삶을 사는 사람이 그냥 일을 할 뿐이다.

세상에서 가장 슬프고 두려운 일

2021년 6월 2일, 새벽에 자다가
악몽을 꾸고 깜짝 놀라서 일어났다.

꿈속에서 어머니와 함께 집 앞에 있는 공원을 거닐고 있었다.
어머니가 앞서 걸어가는데 바로 그때, 옆에서 축구를 하던
어린 학생이 찬 축구공이 어머니에게로 날아온 것이다.
어머니는 그 축구공에 맞고 넘어졌다.
그렇게 강하게 날아오는 공은 아니었는데...
어머니는 일어나려고 하는데 다리에 힘이 풀렸다며
못 일어나겠다고 웃으면서 손 좀 잡아달라고 하셨다.
꿈속이었지만 그 순간 이런 생각이 들었다.

'아... 우리 어머니도 늙는구나...
내가 나이를 먹은 딱 그만큼,
우리 어머니도 나이가 드는구나...
어머니 손을 잡고 어린이집을 가던 때가 불과 엊그제 같은데,
어느덧 내 나이가 30대가 되었다.
앞으로 20년 후면 나도 지금의 어머니 나이가 될 텐데,
딱 그만큼 우리 어머니도 나이가 더 들 텐데...
그리고 또 10년... 20년... 안 돼!!!'

그 순간 잠에서 깼다. 침대에 앉았는데
이상하게 눈물이 계속 흘렀다. 고함을 친 것도 아닌데
목이 쉬었고, 온몸이 맞아서 멍이 든 것처럼 아팠다.

내가 나이가 먹는 건 당연하게 생각했다.
내가 나이가 먹는 건 괜찮았다.
그런데 내가 나이가 들수록 그만큼
어머니와 이별할 시간이 가까워진다는 생각이 드니
그게 왜 그렇게도 눈물이 나고 두려운지.

2달 전 교통사고 후 후유증으로 계속

교통사고가 나는 악몽을 꿨지만,

그때는 이렇게 울지도 두려워하지도 않았다.

그런데 이번에는 달랐다.

내가 나이가 들거나 내가 아픈 거는 얼마든 참을 수 있는데,

내가 가장 사랑하는 사람이 나이가 들고,

내가 사랑하는 사람이 아픈 것은

세상에서 가장 슬프고 두려운 일이었다.

꿈이라서 천만다행이었지만, 언젠가 수십 년 후에

맞이하게 될 훗날의 미래를 미리 내다보고 온 것 같았다.

아마 그때는 지금보다 더 많이 울고,

더 많이 아프고, 더 많이 속상할 것이다.

바로 그 순간, 꿈속에서 내 머릿속에

들어온 단어 하나는 '지금'이었다.

꽃이 아름다운 이유는 언젠가 시들기 때문이고,

아이들이 부는 비눗방울이 아름다운 이유는

언젠가 터질 것이기 때문이고,

삶이 아름다운 이유는 언젠가 끝나기 때문이다.

너라는 선물

우리가 사랑하는 것들은 언젠가 다 죽는다.

그래서 시도해볼 수 있고, 만질 수 있고, 볼 수 있고,

함께할 수 있는 지금 이 순간이 너무도 소중한 것이다.

나는 침대에서 일어나 곧바로 어머니 방으로 갔다.

어머니는 아직 잠을 안 주무시고 계셨다.

내가 눈물을 흘리며 방에 들어가자

어머니는 무슨 일이 있느냐고 깜짝 놀라서 불을 켰다.

꿈에서 본 것들을 그대로 말씀드렸다.

그렇게 어머니 손을 한참 동안 꼭 잡고 있다가 왔다.

사랑은 나중에 하는 게 아니라 바로 지금 하는 것이다.

일생을 행복으로 채우려면

인생은 단 한 번뿐이다.
그래서 인생(人生)을 일생(一生)이라고 한다.
그렇기에 그 일생을 행복으로 채우고,
잘 살기 위해 인류 역사상 최고의
지혜의 왕으로 불린 솔로몬은 말했다.

"세상의 모든 일은 다 정한 때와 기한이 있다."
끝이 있다는 걸 기억하며 오늘 내가 해야 할
가장 옳고 합당한 태도를 취하라는 거였다.

그가 말한 가장 옳고 합당한 태도는 이렇다.

첫째, 언젠가 모든 건 결말이 있다는 걸 기억하며
영원을 사모하는 마음으로 현재를 사는 것.

둘째, 사랑하는 사람과 함께 인생을 즐기는 법을 배우고,
그게 삶이 나에게 준 선물이라는 걸 기억하는 것.

셋째, 자기가 하는 일 안에서 즐거움을 찾고, 만족을
느끼는 것이 사람의 운명이고 제일 좋은 일이라는 것.

Part 2

좋은 관계를 위해 필요한 다섯 가지

좋은 관계를 위해 필요한 다섯 가지

▲

1. 난로처럼 적당한 거리를 유지할 것.

너무 가깝지도, 너무 멀지도 않게.

2. 준 만큼 받으려는 생각을 버릴 것.

받은 것은 기억하고 감사할 것.

3. 사람들의 반응 하나하나에 지나치게 신경 쓰지 말 것.

4. 모든 사람이 다 평생 갈 인연은 아님을 기억할 것.

다 데리고 가려 하지 말 것.

5. 매사에 말을 조심할 것.

모든 문제는 언제나 말에서 비롯된다는 걸 알 것.

너라는 선물

살면서 반드시 버려야 할 다섯 가지

▲

1. 남의 시선에 대한 지나친 의식

2. 아직 일어나지도 않은 일에 대한 걱정

3. 이미 지나간 과거에 대한 후회와 미련

4. 어차피 해야 할 일을 계속 미루는 게으름

5. 자기보다 나은 사람을 보며 열등감을 느끼거나

자기보다 못한 사람을 보며 우월감을 느끼는 비교의식

좋은 것으로 채우기 전에는

반드시 버릴 것을 먼저 버려야 한다.

좋은 관계를 맺기 위해 버려야 할 두 가지

▲

처음에는 그렇게도 편하고 좋았던 사람인데,
어느 시점부턴가 불편해지는 순간이 올 때가 있다.
그와 반대로 처음에는 무관심하고 서로에게
불편한 사이였다가 어느 시점에서 급속도로
가까워진 적도 있었다.

어느 곳에서든 편한 사람이 있으면
반드시 불편한 사람도 있기 마련이다.
불편했다가 편했다가, 악화됐다가 회복되는
과정을 수차례 반복하며 깨달은 것이 있다.

좋은 관계를 맺고 싶으면
이 두 가지를 버려야 한다.

너라는 선물

첫째, 상대가 나와 꼭 잘 맞아야 할 필요는 없다.

왜 관계가 불편할까?
그게 상대의 잘못일까, 내 잘못일까?
그럼 불편함과 편안함의 기준이 뭘까?

관계를 불편하게 만드는 첫 번째 이유는
'그 사람과 좋은 관계를 맺어야 한다는 전제'를 두고
출발하기 때문이다. 첫 단추를 잘못 꿰면 모두 흐트러진다.

가족끼리도 안 맞는 게 많고, 연인끼리도 안 맞는 부분이
많은데, 어떻게 생판 모르는 사람과 잘 맞을 수 있을까?

'잘못된 전제'로 불편하다면 이렇게 생각하자.

'꼭 편해야 할까? 꼭 그럴 필요는 없잖아.'

둘째, 상대에 대한 잘못된 기대를 버려야 한다.

'도대체 저 사람은 왜 저럴까...' 하고
나 혼자 속으로 답답한 적이 있을 거다.
내게 당연한 게 그에게도 당연한 건 아니다.
내가 원하는 대로 그가 반응할 의무도 없다.
그로 인해 나 혼자 답답해하고 불편함을 사서 느끼지는 말자.

내가 말하지 않아도 상대방이 알아서 이렇게 해주길
바라는 '기대'를 버리자. 그 기대가 나도 힘들게 하고,
상대도 힘들게 만든다. 절대로 남에게 기대하지 말자.

'잘못된 기대'로 불편하다면 이렇게 생각하자.
'나도 날 다 모르는데, 그가 날 어찌 다 알랴. 그도 마찬가지다.'

너라는 선물

어떻게 좋은 관계를 만들 수 있을까

▲

어떻게 좋은 관계를 만들 수 있을까?
좋은 관계를 맺고 싶으면 이 두 가지를 해야 한다.

첫째, 어느 정도의 긴장과 적당한 거리는 유지하기.

모든 관계의 처음에는 비교적 갈등이 거의 없다.
서로가 긴장을 하고, 서로에게 맞춰주니까 그렇다.
하지만 언제부턴가 싫어진다. 왜? 긴장이 풀리니까.
처음에는 서로가 잘 모르는 상황이니까
말 한마디, 행동 하나도 조심한다.
그러니 단점이 보일 일이 별로 없다.
하지만 사람은 시간이 지나면 편해지고,
긴장이 풀리기 시작한다. 긴장이 풀리는 순간,

그 사람의 본 모습이 나온다. 그럼 실수가 늘기 마련이다.

긴장을 풀면 상처 주기 쉽다.

편할수록 더 잘해야 하고, 편할수록 더 조심해야 한다.

그래서 상처를 가장 많이 주고받는 관계가 가족일 때가 많다.

그런 말을 들은 적이 있다.

인간관계는 '난로'처럼 해야 한다고 말이다.

너무 가까우면 데고, 너무 멀어지면 추운.

서로를 위해선 '적당한 거리'가 필요하다.

관계 속에서의 불편함을 몽땅 다 깨려고 하진 말자.

벽은 원래 깨라고 있는 게 아니라 보호하려고 있는 거다.

벽은 나와 상대 모두를 지키는 최소한의 선이다.

상대를 계속 '적당한 긴장'을 하게 만드는 유일한 방법은,

나부터 적당한 거리를 유지하고, 긴장하고 대하는 거다.

편한 사람이 되어주되, 쉬운 사람이 되지 않는 법은

긴장을 하느냐 안 하느냐, 긴장을 주느냐 안 주느냐다.

너라는 선물

둘째, 더 나은 관계를 위해 조율하기. (이왕이면 내가 먼저)

내가 상대방에게 내 있는 그대로를 인정해주길 바라듯,
나 또한 상대방의 있는 모습 그대로를 인정해줘야 한다.
다만, 있는 모습 그대로를 인정해주는 게 상대로 인해
내가 힘들어도 마냥 참아주고 포기하란 의미는 아니다.

사람을 만나다 보면 어떤 특정한 상황에서 반복해서
생기는 일이나 대화나 '패턴'이 있다.
딱 그 패턴 안에 들어가면 내가 불편해지거나
마음이 어려워지는 그런 타이밍이 있다.
그게 계속 반복되면 문제를 피하거나,
피할 수 없다면 어느 시점에는 직접 얘기해야 한다.

내가 말을 해야 한다. 말을 해야 그가 안다.
나도 상대도 둘 다 '궁예(관심법)'가 아니다.

'당신의 이런 점 때문에 힘들다'고 토로해야 한다.
싸우라는 게 아니다. 당신과 더 잘 지내고 싶은데,
이런 부분이 내 마음을 힘들게 한다고
진솔하게 이야기하고 정중하게 부탁하자.

좋은 관계를 만들기 위해선 나 혼자서 하는 게 아니라
쌍방이 모두 관계를 조율(튜닝)하는 노력이 필요하다.
하지만 누군가 먼저 해야 한다면, 내가 먼저 하는 게
더 낫다고 생각한다.
그게 더 멋지고, 더 좋은 기회가 될 수도 있다.

그때 먼저 다가와줘서 고맙다

▲

내가 군대에 있을 때 일이다.

기수 차이가 얼마 나지 않는 선임과

오해가 생겨 불편하게 된 적이 있었다.

그래서 내가 느끼고 있는 불편함과 관계를 회복하고 싶은

진심을 담아 편지를 쓴 후, 그의 서랍에 넣어두고 왔다.

얼마 후에 그를 만났는데,

내가 자기를 그렇게까지 생각해주는 줄

몰랐다며 오히려 사과하고 고맙다고 했다.

그 이후로 후임인 나를 볼 때마다

먼저 다가와주고 더 예의 있게 대했다.

그가 전역하던 날, 나를 안고 울며 이런 말을 했다.

"그때 먼저 다가와줘서 고맙다."

아쉬운 사람이 먼저 다가가는 게 아니라
더 성숙한 사람이 먼저 다가가주는 거다.

사과는
잘못한 사람이 하는 게 아니라
더 성숙한 사람이 하는 것이다.

뒤끝 없는 관계

▲

만약 직장을 그만두거나 옮긴다면,
절대 불편한 관계로 마무리하지 말자.
그 사람과의 불편한 관계를 뒤집자.

마지막으로, 좋은 관계를 맺으면서
동시에 나를 지키기 위해서는
'맺음'만큼이나 '매듭(마무리, 정리)'도
중요하다는 거다.

많은 사람들이 시작은 좋았지만, 안타깝게도
끝이 좋지 못할 때가 아주 많다. 끝이 좋아야 한다.

모든 관계가 다 평생 갈 수는 없고,

만남이 있으면 이별도 있는 법이다.

관계의 물리적인 거리는 멀어질 수 있지만,

나에 대한 기억은 상대방에게 평생 남는다.

내가 다른 사람과 제3자의 이야기를 할 수 있듯,

그가 다른 사람들과 어쩌다 나에 대해 이야기를

하는 순간이 올 수 있다. 그때, 그의 입에서 나오는

'그 말' 소위 말하는 '평판'이라는 게

현실을 살아가며 현명한 관계를 맺고

정리하는 데 있어서 매우 중요하다.

세상은 생각보다 훨씬 좁다.

상품을 구입할 때도 우리가 상품평을 보고,

구매를 결정하는 데 그 상품평이 크게 작용하듯 말이다.

관계를 유지하기 위해 내 감정을 억누르고

무조건 참는 것도 미련하지만, 내 감정에

충실한답시고 가는 곳마다 적을 만들고,

관계를 최악으로 만드는 건 더 어리석다.

나를 사랑하고 지킨다는 건,
내 기분대로 내 할 말을 다 한다는 것도 아니고
내 기분이 어떻든 그저 참기만 하는 것도 아니다.

내가 무슨 말을 하고 어떤 행동을 하든지
그것이 지금뿐만 아니라 나중에도 내게
긍정적으로 작용하도록 만드는 것이다.

인간관계가 나를 괴롭게 하는 게 아니라
지금도 앞으로도 계속 행복하게 만들도록 하려면,
내가 부지런히 노력해야 한다.

나에게 무례한 사람

▲

"무례하게 행동하는 사람 때문에 힘들어요."

내 의지에 관계없이 계속 만나야 할 사람이라면
기본은 지키되, 그냥 '아픈 사람'이라고 여기자.

똑같이 대응해봤자 달라질 게 거의 없더라.
그 부모도 못 바꾼 그를 내가 어찌 바꾸랴.

그렇다고 해서 마냥 당하라는 건 아니다.

예전에 어떤 사람과 만났을 때의 일이다.
나를 뚫어져라 이상하게 바라보는 시선,
영문도 모르는 상태로 흐르는 정적 속에

입을 연 그의 말에 너무 당황스러웠다.

대화하는 내내 마치 평가를 당하고,
혼나고 있는 거 같은 기분이 들었다.
듣자듣자 하니까 도가 지나친 거 같았다.

'아무리 그래도 이건 좀 아니지 않나'란 생각에
내가 느끼고 있는 기분을 그에게 그대로 말했다.

"저 지금 선생님한테 숙제 안 해서 혼나고 있는
학생이 된 거 같은 기분입니다. 불쾌하네요."

그제야 그는 내가 불쾌감을 느끼고 있다는 걸 알고,
기분 나빴다면 죄송하다며 사과를 하더라.

표현하지 않으면 상대는 모른다.
물론 이렇게 상대방이 사과한다면 다행이지만,
한술 더 떠서 오히려 나를 이상하게 바라보는 경우도 있었다.

또 다른 사람과 있던 일이다.
인신공격적인 말을 아무 생각 없이

반복적으로 계속해서 하길래 참다 참다
기분 나쁘니까 하지 말아달라고 하니까
그가 오히려 내게 큰소리를 치며 말했다.

"겨우 이런 걸 갖고 기분 나쁘면 사회생활 어떻게 할래?"

적반하장도 유분수인 태도로 반응하는 그를 향해 말했다.

"누가 길을 걸어가고 있는데, 내가 잘못 던진 돌에 맞았어요.
돌에 맞은 사람이 아파서 피를 흘리고 있으면, 사과하는 게
정상입니까, 왜 못 피했냐고 큰소리치는 게 정상입니까?"

물론 바른말을 해봤자 수용할 리가 없었다.
그걸 알아들을 만한 그릇이었으면 애초에
그렇게 행동하진 않았을 테니 말이다.

그 사건 이후 그와는 바로 손절했다.
그런 사람과는 딱 거기까지인 것이다.

나에게 무례하게 행동하는 사람과의
관계를 무리하게 지키려고 하지 말자.

너라는 선물

무개념인 사람들이 주는 유익

▲

신기하게도 몰상식한 태도를 가진 사람들은
하나같이 자기가 잘못했다는 것 자체를
인지하지 못 하거나 혹은 그저 실실 웃으면서
어영부영 넘어가려고 하거나
너무 쉽게 생각한다는 공통점이 있다.
한술 더 떠서 적반하장으로
도리어 자기가 화를 내는 사람도 있다.

세상에는 좋은 사람도 많지만
'상식'이 통하지 않는 사람도 많다.
그런데 그런 사람들로 인해
내가 감정이 상하면 나만 손해더라.
한편으로는 그런 무개념인 사람들

덕분에 얻은 세 가지가 있다.

첫째,
나는 저렇게 살지 말아야겠다는 생각과
스스로를 돌아볼 기회.

둘째,
부정적인 영향을 주는 사람을 걸러내서
앞으로 감정과 에너지 낭비를 미리 막을 수 있는 기회.

셋째,
긍정적인 영향을 주고받을 수 있는
사람들과 더 많은 시간을 보낼 기회.

너라는 선물

가끔 내가 불쌍해 보일 때

▲

나는 그냥 평소처럼 말했는데, 상대방으로부터
돌아오는 대답과 반응이 엄청 날카로워서
사람을 무안하게 만드는 경우가 있었다.
민망해서 뭐라고 해야 할지를 몰라
그냥 그 자리를 피했다.
그랬더니 그 광경을 지켜본
곁에 있던 사람이 내게 다가와 말했다.

"저 사람 오늘 일이 잘 안 풀린 게 있어서
예민해서 그런 거니까 네가 좀 참고 이해해..."

그 말을 듣고 "괜찮다"고 대답했지만, 솔직히 괜찮지가 않더라.

'이해라... 그래, 이해해야지' 하면서도 이런 생각이 들었다.

'내가 무슨 샌드백도 아니고,

자기 기분대로 막 대해도 될 만큼 쉬운 사람인가...

도대체 내가 뭐가 아쉬워서

이런 대우 받아가면서까지 참아야 할까...'

그 와중에 좋은 게 좋은 거라고 웃으며

넘어가는 나를 보니 어찌나 처량한지.

이런 순간도 결국 지나가고 풀리지만,

가끔은 내가 불쌍해 보일 때가 있다.

져주는 용기

▲

한때 밤새 통화하고, 진심을 나누고,

함께 웃고 울었던 사람이 있었다.

언제부턴가 '잘 지내?'란

톡 한 번 보내기도 어색한 사이가 돼버렸다.

어느 날, 대화하던 중 그가 들뜬 목소리로 내게 말했다.

자기가 최근 이름만 얘기하면

다 알 법한 성공한 사람을 우연히 알게 됐단다.

그분의 권유로 어떤 사업을 함께 시작했는데,

이 사업이 전망이 아주 좋고, 이때를 놓치면

다시는 이런 기회가 없을 거라며 얘기했다.

그리고 이어서 말하길,

나를 그 회장님과 만나게 해주겠다고 했다.

그 사업 자체에 관심이 있었던 건 아니지만 그 사람을 신뢰했고,
어떤 분야에서 큰 성공을 한 사람을 직접 만나보는 것 자체가
인생의 큰 경험이 된다는 생각으로 셋이서 만남을 가졌다.
그런데 미팅을 마치고 갑자기
사업 설명회 프레젠테이션을 했다.
그 자리에서 바로 내게 종이와 펜을
건네더니 곧바로 가입을 요구했다.
그 순간에는 무언가에 홀린 듯 나는 결국 사인을 해버렸다.
당시 나에게 꽤 큰 비용이 가입비로 지출됐다.
문제는 여기서부터 시작됐다.

내 상위 직급자란 사람이 나를 쪼기 시작한 거다.
사업을 몇 명에게 소개했냐면서 압박 전화가 왔다.
노이로제가 걸릴 것 같았다.
결국 나는 손해를 어느 정도 감수하고 탈퇴했다.
자기를 위해 나를 이곳에 끌어들인 그에게 너무 실망했다.

그 이후로 몇 년간, 그 친구와 연락을 끊었다.
이용당했다는 생각과 믿었던 사람에게
뒤통수를 맞은 거 같아 마음이 힘들었다.

하지만,

이제 와서 하는 말이지만... 이해는 됐다.

그 사람이나 나나 그때 우린 둘 다 너무 어렸다.

젊음이 주는 열정은 있었으나 세상을 몰랐고,

꿈은 있었으나 어른들이 이를 이용하려 했고,

영악한 세상 속에서 우리는 너무 순수했다.

뒤늦게 연락이 왔지만, 그의 입장에서는 내가

하루라도 빨리 안정을 찾고 성공하길 바라는

마음에서 그랬다고 했다.

그 마음 하나만큼은 믿고 싶었다.

하지만 그런 일을 겪고 나니까

예전처럼 잘 지내고 싶은 마음이 사라지더라.

무엇보다도 그런 불편한 마음을 계속 내 안에

담아두고 그 관계를 회복하려고 애쓰기에는

내게 주어진 삶을 살아내는 것만으로도 너무 벅찼다.

불현듯 그 사람이 떠오를 때면,

요즘 뭐하고 지내는지, 우애 있게 잘 지냈던 그때의

우리 모습이 그립기도 하고, 관계에 대한 회의감도 들고,

결국 또 한숨을 쉬며 속으로 말을 삼켰다.

'그렇게 좋았던 우리가 왜 이렇게 돼야만 했을까.'
'그 일로 인해 나를 잃을 수도 있다는 생각을 했을까.'
'그는 나에게 미안할까, 서운할까.'

그렇게 몇 년의 시간이 지났다.

어긋나버린 사이는 평행선처럼 점점 멀어져갔고,
한 번 깨진 관계는 다시 회복하기가 힘들더라.

일부러 멀어지려고 해서 멀어지는 게 아니라
각자 사는 게 바쁘니까 자연스레 멀어져가는 것.

관계를 회복하려는 일에 마음을 쓰기에는
일상에 지쳐 우선순위에서 점점 밀려나는 것.

그러다 보면 '굳이 내가 그럴 필요가 있을까'란 생각이 들고,
이미 지나간 버스처럼 기대를 놓아버리는 것.

인연은 기대를 놓아버릴 때 비로소 끝나는 거 같다.

너라는 선물

그런데 어느 날 문득 그 사람이 떠오르더라.

'이제 회복하기에는 너무 늦은 건 아닐까' 하는
생각이 들었지만 어느 날 밤, 용기를 내서
장문의 메시지를 남겼다. 내 있는 그대로의 마음을 전했다.

네가 내 마음은 알아주든, 알아주지 않든지 고맙다고.
내가 더 좋은 사람이 되고, 더 나은 인생을 살 수 있게
응원해줘서 너무 고마웠다고. 표현하고 싶었다고 말이다.
얼마 지나지 않아 나보다 훨씬 더 긴 장문의 답장이 왔다.

우리 사이의 공백 동안 삶이 그에게 보내준 수많은
아픔과 사건들 속에서 힘들 때마다 자기도 내 생각을
항상 하곤 했단다. 늘 고맙고 미안한 존재였는데,
자기 잘못으로 인해 나를 잃은 거 같아서 속상했단다.
그리고 늘 먼저 다가와줘서 고맙다고.
자기가 큰 잘못을 해서 미안하다고.
다시 예전처럼 잘 지내고 싶다고 했다.

그 연락을 주고받은 후

몇 년 만에 오랜 마음의 짐을 덜 수 있었다.
덕분에 소중한 걸 배웠고, 그 순간 뇌리를
스친 몇 줄의 문장을 남겼다.

이기기 위해선 힘이 필요하고,
져주기 위해선 용기가 필요하다.

져주는 용기가 이기고 싶은 자존심을 이길 때,
관계는 회복될 수 있고, 계속 유지될 수 있다.

한 관계가 계속 이어질 수 있는 건
더 참아주는 사람이 있기 때문이다.

사랑을 지키려면, 용기가 필요하다.
그게 가족이든, 친구든, 연인이든.

사람들이 내 말을 듣게 하려면

▲

아무리 옳은 말이라도 그 말을 들을
준비가 안 된 사람에게는 하면 안 된다
그 말을 할 만한 관계가 형성된 사람에게 해야 한다.

제아무리 몸에 좋은 사과라도 아기에게
통째로 줬다가는 목에 걸려서 죽을 수도 있고,
아직 친하지도 않고 안면도 없는 사람에게
충고나 지적을 함부로 하면 그냥 이상한 사람이 되기 일쑤다.

말을 잘하는 사람은
내가 하고 싶은 말을 막 내뱉는 사람도 아니고,
장황하게 말을 많이 하는 사람도 아니다.
때에 적합한 말을, 필요한 타이밍에,

상대가 알아듣고 수용할 수 있는 방법으로,
쉽고 간단하게 전달해서 상대방으로 하여금
행동을 유발하게 하는 사람이 말을 잘하는 사람이다.

그러기 위해서는 먼저 잘 들어야 한다.
잘 들어야 잘 대답(호응)할 수 있기 때문이다.
잘 들으면 자연히 좋은 관계가 형성된다.
사람은 내 말에 귀 기울여주고,
호응해주는 사람을 좋아하게 돼있다.

사람은 좋은 사람의 말을 듣는 게 아니라
자기가 좋아하는 사람의 말을 듣더라.

내가 좋아하는 사람의 충고는 듣는 순간에는
잠시 불편해도 가슴에 새기고 수용한다.
그리고 솔직하게 말해준 상대방에게 고마움을 느끼게 된다.

옳은 말을 하는 것보다
상대방이 신뢰하고 좋아할 만한
사람이 되는 게 먼저다.
그게 나도 좋고, 관계도 지키고, 그도 바꾸는 지혜다.

너라는 선물

사람을 봐가면서 잘해줘야 한다

▲

호의를 베푼 사람과 받은 사람 모두가 웃고,
그 과정과 결과가 아름답기 위해서는
상대를 봐가면서 해야 하는 것 같다.
받을 자격이 없는 사람에게 베풀면
도리어 실컷 잘해주고 섭섭하고,
안 받아도 될 상처를 나 스스로
만드는 꼴이 될 수 있으니 말이다.
가치를 아는 사람에게 줘야 한다.
돼지에게 진주를 줘서는 안 된다.

내가 그동안 베푼 호의가 긍정적인 결과를
가져왔을 때와 부정적인 결과를 가져왔을 때를
잘 떠올려보면 호의를 베풀어야 할 다섯 사람이 있다.

1. 감사할 줄 아는 사람.

큰 걸 줘도 당연하게 여기고 별 감흥이 없는 사람이 있고,

작은 것에도 감사할 줄 알고 표현하는 사람이 있다.

감사 인사를 듣자고 한 것은 아니지만,

그런 작은 표현조차 제대로 할 줄 모르는 사람과

과연 건강한 관계를 지속할 수 있을지는 알 수 없다.

마땅히 감사할 일에 감사할 줄 모르는 사람에게

호의를 베푸는 것은 길거리에 동전을 던지는 것과 같다.

2. 정말로 간절한 사람.

배가 부른 사람에게 먹을 것을 건네면 반찬 투정을 하고,

굶주린 사람에게 먹을 것을 건네면 생명의 은인이 된다.

똑같은 물이라도 갈증이 없는 사람에게

물을 건네면 성가신 일이지만,

사막 한가운데 있는 사람에게 물 한 잔은 천국의 맛이다.

상대방의 마음가짐에 따라 감사의 농도가 달라진다.

3. 내 마음이 움직이는 사람.

내가 정말로 마음에서 우러나와 주고 싶게 만드는 사람,

그래서 그 사람의 반응에 관계없이 내가 주는 것에서

이미 기쁨을 느끼게 되는 사람이 있다.

이를테면, 사랑하는 사람을 위해 선물을 준비하면

그 모든 과정이 이미 선물이다.

설렘으로 가득 찬 과정에서 이미 소중한 선물을 받은 것이다.

분명 내가 줬는데 내가 받은 거 같은 마음을 느끼게 해주는

사람이 있다면 상대방의 반응은 더 이상 중요하지 않게 된다.

4. 먼저 도움을 요청한 사람.

상대가 요청하지 않았는데 섣불리 나서면

오지랖 넓은 사람이 된다.

사람은 진짜로 죽을 거 같으면

지푸라기라도 잡기 마련이다.

자기가 진짜로 필요하면 알아서 먼저 요청한다.

자존심이 허락하지 않아 남에게

도움을 요청하지 않는 경우도 있다.

하지만 그건 그 사람이 감당할 몫이다.

그 자존심을 내려놓는 법도 그가 배워야 할 영역이고,

아직 자존심이 살아있다는 건 살 만하다는 증거일 수 있다.

상대방의 요청이 없었는데 먼저 나섰다가는

마치 내가 사정하는 거 같은 이상한 상황이 벌어지곤 한다.

사정하면서 도와줄 필요는 없다.

5. 내일이 기대되는 사람.

지금의 모습이 그의 전부가 아니다.

지금의 행색은 초라해 보여도 그 사람이

나중에 어떻게 될지 아무도 모른다.

사람의 인생이 하루아침에 달라질 수도 있다.

한 사람이 오늘을 사는 모습을 보면

그 사람의 내일이 보이는 법이다.

지금 겉으로 보이는 모습은 초라해도 삶은 빛나는,

오늘 열심히 살고 있는, 내일이 기대되는 사람이 있다면

그런 씨앗 같은 사람에게 투자해야 한다.

평생의 소중한 인연이 될 수 있고,

내게 평생의 소중한 에피소드를 만들어줄 수도 있다.

너라는 선물

계속 잘되는 사람, 결국 망하는 사람

▲

주변을 보면 계속 잘되는 사람이 있고,
잘 나가다가 한 방에 나가떨어지는 사람이 있다.

무엇이 문제였을까?
둘 다 힘들게 노력해서 성공을 거둔 건 마찬가지인데
뭐가 달랐을까?

그 두 사람은 그 성공의 순간을 맞이했을 때
한 사람은 올바르게 처신했고,
다른 한 사람은 올바르게 처신하질 못했다.
그들이 하는 말을 잘 들어보면 그가 앞으로도 계속 잘될지,
저러다가 말지 바로 '표시'가 난다.

계속 잘되는 사람은 '남 덕분에'라는 말을 자주 한다.
결국 망하는 사람은 '내 덕분에'라는 말을 자주 한다.
계속 잘되는 사람은 자기의 나무에 열매가 맺힐 수 있게
도와준 사람들에게 감사하며 그들에게 박수를 돌리려 한다.
그러니 주변에 언제나 사람들이 끊이지 않고 모두가 그가
더 잘되길 바라며 응원하고 곁에서 도와주는 사람이 많다.

세상에서 가장 강한 사람은 많은 돈과 높은 직위를 가진
사람이 아니라 곁에서 도와주는 사람이 많은 사람이다.

결국 망하는 사람은 자기 나무에 맺힌 열매도 자기가 잘나서
그런 거고, 자기가 조금 도와준 사람도 자기가 다 키운 것처럼
부풀리고 끊임없이 자신을 과시하며 자기를 크게 보이려 한다.
입은 열고 귀는 닫는다. 아름다운 말을 하지만 삶은 딴판이다.
그러니 겉보기에 주변에 사람이 많아 보여도 뒤에서는 그를
험담하고, 그로 인해 피해를 보고 상처받은 사람들이 많다.

사람을 빛나게 만드는 것은 스펙이나 배경이 아니라 '겸손'이다.
겸손은 나를 낮추는 것이 아니라 나를 잊어버리는 것이다.

지금의 나를 있게 해준 모든 사람과 모든 것들에 감사하며
입만 열면 감사가 나오다 보니 어느 순간 내가 뭘 해냈는지,
내가 얼마나 대단한지 '내가 한 것'을 잊어버린 사람들이다.

제발 남에게 묻지 마세요

▲

'어느 대학에 지원해야 할까요?', '지금 결혼을 해야 할까요?'
'제가 A와 B 중에 어느 것을 선택해야 할까요?'와 같이
중요한 인생의 문제를 갖고 나에게 물어보는 사람들이 많다.

남에게 내 인생의 중요한 방향을
결정하는 문제를 물어보면 안 된다.
물어보면서도 나 스스로가 가장 잘 안다.
그 답은 나 스스로 내려야 한다는 걸.
나 자신이 내게는 최고의 멘토이고, 스승이란 걸 믿으면 좋겠다.
스스로의 능력을 너무 간과하지도 무시하지도 말아야 한다.
가만 보면 나를 제일 무시하는 존재는 나 자신인 거 같다.

너라는 선물

당신은 무시해도 좋은 사람이 아니라
아주 어마어마하게 소중한 사람이다.
그냥 하고 싶은 거 다 해라. 마음껏 시도해라.
안 하면 후회만 남고, 해보면 경험이 된다.
내가 최선을 다해 내린 선택이 나한테는 정답이다.

나도 처음에는 인생에는 '정답'이 있지 않을까란 생각에
많은 책을 보고 스승들을 찾아 조언을 구하기도 했다.
하지만 인생에서 필요한 건 '지도'가 아니라 '나침반'이었다.

남이 그린 지도는 그의 인생에서 그린 것이고,
내 인생의 지도는 내가 직접 그려야 한다.
내 마음의 양심이 말하는 방향, 신념과 믿음을 따라
어디로 갈지를 정확히 알 수는 없지만 한 걸음씩
믿음을 갖고 내딛으며 갈 수밖에 없다.

꼭 기억하라.
애초에 정해진 답이 있는 게 아니다.
내가 내린 선택이 나에게는 답임을 믿고,
밀고 나가는 것이고, 내 선택이 나에게
결국 맞게 만드는 것이 인생이다.

나의 확신이 남의 조언보다 강하다

▲

나의 확신이 남의 조언보다 훨씬 더 강한 힘이 있다.
내 인생에 대해 가장 많이 고민하는 사람은 '나'니까.
그러니 내가 치열하게 고민하고 내린 선택이라면
내가 먼저 나를 믿어주면 좋겠다.

자신에 대한 진정성이 성공과 행복을 보장해주진 않겠지만,
가면을 쓰면 결국 실패하고 불행해진다.

너라는 선물

사람을 감동시키는 비밀

▲

강연을 들으신 분들이나 방송을 보신 분들,
인터뷰를 하신 분들께서 늘 이런 말을 했다.

"작가님에게서는 진정성이 느껴져요.
어떻게 하면 사람들에게 진정성 있게 다가가고
사람들에게 선한 영향력을 끼칠 수 있을까요?"

문득 그런 생각을 해본다. 진정성이 무엇일지,
'사람들이 나의 무엇을 보고 진정성을 느꼈을까?'

베스트셀러가 되기 위해선
먼저, 사람이 베스트여야 한다.
베스트 사람이 되어야 한다.

하지만,

처음부터 베스트인 사람은 없다.

처음에는 워스트로 시작할 수 있다.

누구나 베스트가 되어가는 '과정'이 필요하다.

사람들은 이제 더 이상

'영웅의 이야기'가 아니라

'친구의 이야기'를 듣길 원한다.

영웅이 아니라 친구가 되고 싶었다.

사람들은 눈부신 결과보다도

처절한 과정을 보고 싶어 했다.

반짝이고 대단한 결과보다도

눈물겨운 과정을 보여줌으로써

'아, 그럼 나도 할 수 있겠네!'

그렇게 희망과 용기를 얻었다.

사람이 누군가와 '시간을 공유한다'는 건,

'수명을 공유한다'는 것과 같으니 말이다.

어찌 최선을 다하지 않을 수 있겠나.
중요한 건 나의 이야기를 듣기를 선택한
그 사람에게 유익이 되는 것이 중요하다.

내가 가진 것을 하나라도 더 나누고 싶은
그 마음은 고스란히 영향력으로 전환된다.

그것이 결과적으로 많은 사람들이 반응하게 했다.

눈에 보이지 않는 사람의 진심은,
눈에 보이는 태도에서 드러난다.

정성을 쏟는다는 것은
진심을 보이는 것이다.

그래서 나는 '진정성'을 진심과
정성이 합해진 거라 생각한다.

눈에 보이지 않는 진심이
눈에 보이는 정성으로 드러날 때
사람들은 진정성을 느끼게 된다.

너라는 선물

존중

▲

내가 나를 존중하지 않으면
남이 나를 존중할 리가 없다.
'자기과시'는 남을 불편하게 하지만,
'자기비하'는 내가 스스로를 죽인다.

처음부터 내 스타일은 없다

▲

사업을 준비하시는 분이 조언을 요청한 적이 있다.
그런데 '배우러 오신 분이 맞나?'
싶을 정도로 자기 얘기를 늘어놓았다.

알고 보니 그분은 얼마 전에 나에게
같은 문제로 전화를 했던 분이었다.
워낙 많은 사람들의 연락이 왔기에 잠시 잊고 있었는데,
기억이 떠오르자 그때의 악몽(?)이 떠올라
마음이 답답해지기 시작했다.
그때도 무려 2시간가량 통화를 했었다.
심지어 내가 얘기하는 시간보다
본인 얘기를 하는 시간이 더 길었다.
어떤 문제를 이야기했을 때, 그에 대한 적용할 것들을 제시하면

너라는 선물

계속해서 그분의 입에서 이런 말이 나왔다.

"그건 내 스타일이 아니다. 내 스타일은 이거다."

이건 이래서 안 되고, 저건 저래서 안 되고...

생산적인 대화가 아니라 할 수 없는 이유를 계속해서 열거했다.

그리고 본인이 왕년에 뭘 했다면서

이야기가 점점 산으로 가더라.

나에게 조언을 요청한 사람이 아니라

내가 그를 설득시키려는 분위기로 바뀌어갔다.

본인이 하고 싶은 것을 고집하는 것보다도

사람들에게 필요한 것을 해야 한다고 말해주면

"(사람들이 나에게 무엇을 원하는지, 그런 건 모르겠고) 나는

이걸 하고 싶다."

라고 대답할 뿐이었다.

"그럼 나보고 어쩌라는 거예요? 도대체 왜 찾아오신 거예요?"

라는 말을 하고 싶었지만, 나보다 나이가 많은 분에 대한

예의와 새로운 것을 받아들이기에 시간이 걸릴 거라는 생각에

그냥 참았다. 그런데 이번에도 작년이나 별반 다를 게 없이

대화가 자꾸 겉돌았다. 이번에는 여럿이서 온라인으로

인터뷰를 요청했는데, 뻔히 화면에 다 비치는데 본인 화면을

꺼놓지도 않고 인터뷰 대상을 앞에 두고 걸려온 전화를
껄껄 웃으면서 받는 모습이 보였다. 예의가 너무 없었다.

각자의 질문 내용에 성실히 답변을 하다가도
그분 차례가 되면 표현은 못 해도 한숨이 나왔다.
그분이 하는 질문 자체가 지금의
그에게는 시기상조였기 때문이다.
아직 아무것도 안 했고, 뭔가를 운영해서
성공시켜본 경험도 없으면서
'운영자를 양성하는 사람'이 되고 싶다는 것이었다.
그게 자기 스타일이라는 거다. 그래서 참다 참다 말을 했다.

"그건 일단 본인이 성공하고 나서 할 수 있는 일입니다.
아직 시작도 안 했고, 운영해서 성공시켜본 경험도 없으면서
그런 사업체를 운영하는 운영자를 양성한다는 건
걸음마 시작한 아기가 올림픽 뛰겠다는 소리입니다.
본인 같으면, 본인 같은 사람(자기만의 성공/실패 경험 없이
말로만 떠드는 사람)에게 배우겠습니까?"

나에게 조언을 구하려고 연락해놓고,
내가 해결책에 대한 이야기를 하려고 하면 자꾸

'자기 신념과 고집'을 내세우는 사람이 있다.

이런 사람들이 말은 엄청 길다.

말을 끊을 틈도 주지 않고 말이다.

하나같이 현재 본인의 수준에서 할 일을 하나도

하지 않으면서 시기상조의 고민을 하고 있었다.

사람이 가지고 있는 '믿음'이 불가능을 가능으로

바꾸는 큰일을 해내기도 하지만 한편으로는,

삶을 변화시키기 위한 여러 성장의

기회를 차단하는 장애물이 되기도 한다.

이제 걸음마를 시작한 아기에게 자기 스타일이라는 건 없다.

그때는 걷느냐 못 걷느냐는 '생존의 문제'다.

이제 수영을 시작한 사람에게 자기 스타일이라는 건 없다.

그때는 일단 물에 뜨느냐 못 뜨느냐가 '생존의 문제'다.

잘못된 자기 확신을 버려야 한다.

배울 때는 겸손해야 한다.

자기가 다른 분야에서 얼마나 오랜 경력과 연륜이

있다고 할지라도 본인이 전혀 모르는 새로운 분야를

배우려고 왔으면 기존에 자기가 가진 명함을 내려놓고,

학생의 자세로 받아들여야 한다. 그런 사람에게 희망이 있다.

훈수의 자격

▲

남의 인생에 훈수를 두고 지적할 시간에
먼저 자기 인생을 돌아보면 좋겠다.
자기가 남을 지적할 자격이 있는지,
가슴에 손을 얹고 제발 생각이라는 걸
하면 좋겠다. 그 자격은 내가 가진 게
아니고, 나이가 주는 건 더더욱 아니며
남이 나에게 주는 거다.

남이 보기에 내가 정말로 잘 살고 있고,
배울 점이 있고, 닮고 싶은 마음이 있으면
남들이 알아서 나에게 먼저 요청한다.

10년 전, 내가 시험을 준비할 때
명절에 아주 먼 친척이 내게 훈수 한 번
잘못 두다가 호되게 당한 적이 있다.
그는 내 이름, 나이, 사는 곳 무엇 하나
아는 게 없었다. 젊은이들이 명절에 가장
듣기 싫어하는 질문(요즘 뭐하냐)을 했다.
그래서 목표가 있어서 시험을 준비한다 했다.
그랬더니 "쓸데없는 짓 한다"는 말을 시작으로
아직 어려서 네가 사회를 모른다며 그냥 남들처럼
공무원 시험이나 준비해서 빨리 취업하라고 했다.
나는 잠자코 듣다가 두 가지 질문을 했다.

　　　"그래서 본인은 지금 뭐하세요?"
　　　"그럼 제 나이 때 뭐하셨어요?"

그 질문에 당황하더니 말을 흐리며
내게 아직 현실을 모른다며 스스로를 방어했다.

그는 내가 납득할 만한 성공을 이루지도 않았으며
내 나이 때, 나처럼 치열한 시간을 보내지도 않았고,
꿈을 위해 간절하게 도전해본 적도 없었다고 했다.

그래서 나는 웃으면서 한 번 더 말했다.

"모든 사람들이 다 가는 길이 현실적인 거예요?

치킨 집이 장사가 잘된다고 너도 나도 전부

다 치킨 집을 차리면 그게 현실적인 거예요?

그렇게 해서 조류독감 터져서 다 같이 망하면

그건 누구 책임이에요? 자기만의 메뉴를 개발해보고,

자기 강점이 뭔지 찾으려고 노력하고, 앞서 성공한

사람들을 만나고, 되든 안 되든 일단 도전하고

시도하며 노력하는 제가 훨씬 더

사회를 잘 알고, 현실적인 거 같은데요?"

그러자 그는 나의 말에 그 어떤 반박도 못 하고

그저 버릇이 없다는 말과 함께 기분 나빠 했다.

나는 마지막으로 한마디를 하고 밖으로 나왔다.

"남의 인생에 훈수 둘 자격은

남이 납득할 만한 성공을 해내고 생기는 겁니다.

그런데 제가 만났던 성공한 사람들 어느 누구도

남에게 그렇게 함부로 충고하지 않아요."

너라는 선물

그로부터 10년이 지났다.

나는 내가 꿈꾸던 꿈에 하루하루

더 가까워지고 있다.

출간한 책은 모두 베스트셀러가 되었고,

전국을 다니며 사람들에게 꿈을 전하고,

내가 쓴 책은 해외로 번역돼 수출되었고,

유명 프로그램과 방송 채널, 뉴스에 출연하고,

매달 SNS를 통해 1,000만 명 이상이 콘텐츠를

조회하는 인플루언서가 되었고, 세계 곳곳에서

독자들로부터 매일 아침 절망 속에서 희망을

발견했고, 꿈이 생겼다는 감사의 메시지를

받게 되었다. 그러자 현재 매달 정기적으로

청소년과 청년들, 꿈을 품은 사람들로부터

멘토로서 인터뷰를 요청받는다. 그들은

내 이야기를 듣고 싶어서 전국 곳곳에서

몇 시간 동안 기차를 타고 올 때도 있다.

남이 꿈을 품으면 깎아내리는 꼰대가 아니라

진심으로 응원해주고, 도와줄 수 있는 멘토가

되는 것이 훨씬 더 가치 있고, 멋진 인생이다.

제로베이스에서 인생을 바꾸는 법

▲

오래전 우연한 기회로
이름을 대면 알 법한 유명 기업의
회장님을 만난 적이 있다.
엄청난 성공을 이룬 그분에게
나는 인사를 하고 질문을 했다.

"회장님, 질문 하나만 해도 될까요?
꼭 대답해주셨으면 좋겠습니다!"

그러자 그분은 웃으면서 말했다.
"그래, 어디 한번 들어보지. 말해보게."

나는 눈에 힘을 주고 물었다.

너라는 선물

"가정을 두겠습니다.

지금 시대에서 저와 같은 20대 나이로 돌아가고,

완전히 제로베이스에서 출발한다는 가정을 두겠습니다.

또 어떤 특별한 재능도 없고, 재정적으로 지원해줄

가족도 없고, 가지고 있는 밑천도 없는 상황입니다.

가진 거라고는 열정과 패기, 젊음뿐입니다."

"이런 생각만 해도 갑갑하구먼.

그래도 젊음이라도 주어졌으니 천만다행일세, 하하."

나는 이어서 말했다.

"이런 가정을 둔 상태에서,

어떻게 하면 인생을 바꿀 수 있을까요?

대신 세 가지의 조건이 있습니다."

"세 가지씩이나?"

조건은 이랬다.

첫째, 대화가 끝나면 당장에라도 실천할 수 있어야 한다.

둘째, 그 일을 실천하기 위한 재료는 의지와 열정이면 된다.

셋째, 그것이 특정한 사람에게만 적용되는 방법이 아니라
보편적이고, 누구에게나 적용이 가능한 방법이다.

"이 세 가지를 충족시키는 한 가지의 행동이 무엇인가요?"

그러자 그는 잠시 30초 정도 곰곰이 생각했다.
그리고 웃으며 갑자기 핸드폰을 꺼내보라고 하고 말했다.

"자네가 일주일 동안 통화한 사람들의 목록을 쭈욱 한 번
적어보게."

"쭈욱 적고 나서는요?"

"쭈욱 적었다면 그 사람들의 수준을 잘 지켜봐.
그 사람들의 라이프스타일, 자산, 의식 수준...
그 모든 삶의 수준 '평균'이 바로 자네의 현 위치라네."

그 말에 나는 넋을 잃었다.

"내가 자네 나이로 돌아가서 바닥에서 다시 시작한다면,
나는 목숨 걸고 이를 실천할 걸세.

너라는 선물

만나는 사람들을 바꾸는 것을 말이야.

사람은 자기가 평소에 자주 통화하고,

자주 만나는 사람의 영향을 받을 수밖에 없지.

평범한 사람은 늘 평범한 사람들끼리 어울리는 법이고,

성공한 사람은 계속 성공한 사람들끼리 관계를 맺으니

그 격차는 점점 더 벌어지는 거지.

인생을 바꾸기 위해서 가장 먼저 해야 할 일은,

만나는 사람부터 바꾸는 일이라네.

지금의 나보다 더 앞서가고, 뛰어난 사람들과

관계를 맺기 위해서는 내가 먼저 다가갈 용기가 필요하고,

어떻게 해서든 그러한 기회를 만들려는 노력이 필요하지."

씹을 걸 씹어야 한다

▲

'곱씹다(dwell on)'는 말이 있다.
세상에는 씹어야 할 게 있고,
씹지 말아야 할 게 있는 것 같다.

과거에서 교훈을 얻어 같은 실수를
반복하지 않으려는 심사숙고는 좋으나
과거에서 아무것도 배우지 못하고
계속해서 예전의 실수를 곱씹는 것은
나에게 아무런 유익을 주지 못한다.

실수해도 괜찮다. 실수하니까 사람이다.
남이 내 실수를 지적하면 상처가 되지만,
내가 내 실수를 피드백하면 실력이 된다.

너라는 선물

실수가 결과가 되면 실패가 되고,
실수가 과정이 되면 실력이 된다.

그러니 씹을 걸 씹자.
이미 지난 일들을 자꾸 곱씹지 말자.
그렇다고 남의 잘못을 씹지도 말자.
그저 묵묵히 오늘 내가 해야 하는 일만
꼭꼭 잘 씹고 소화하자.
그게 결국에는 나한테 남는 거고 현명한 행동이다.
씹을 때 씹더라도 나한테 남는 걸 씹자.

귀를 닫으면 망한다

▲

초심이 변질되고 망하기까지의 10단계.

1. 나만이 옳다는 생각에 남의 말을 듣지 않는다.
듣는 척하지만 이미 결론을 정해놓고 대화한다.
언제나 자기가 최고의 답을 가지고 있다고 여긴다.

2. 주변에 내 추종자와 예스맨만 둔다.
나에게 조금이라도 거슬리고,
불편하고, 옳은 소리를 하는 사람을
'방해하는 사람', '부정적인 사람'이라고 프레임을 씌우고
오히려 그들을 이상하게 바라본다.

3. 자기의 이기적인 욕심을 숨기기 위해

너라는 선물

온갖 미사어구를 동원하며 아름답게 포장한다.
사실은 그 모든 게 다 자기를 위해서 하는 일이면서
남을 위해서라고 포장한다.

4. 조금이라도 반대되는 의견은 무시하고 배척한다.
자기가 틀릴 수도 있다는 걸 절대 인정하지 않는다.

5. 현재의 자기 수준과 현실을 망각하고
과한 욕심을 부리기 시작한다.
그래서 자기뿐만 아니라 남까지 힘들게 만든다.
점점 주변을 돌아보지 않는다.

6. 현실과 이상 사이에 괴리감으로 마음이 점점 조급해진다.
할 일은 많고, 갈 길은 먼데 내 마음만큼 남들도 따라주지 않고,
내 몸도 안 따라주니 모든 게 불만이고 화가 난다.

7. 주변 사람들로부터 하나둘 원망의 소리를 듣기 시작한다.

8. 원망하고 비판하는 사람들을 도리어 공격한다.

9. 최측근들조차 하나둘 그에게서 등을 돌리기 시작한다.

10. 결국 모든 걸 잃고, 뒤늦은 후회를 하다가
쓸쓸한 최후를 맞이한다.

불교 용어 중 '초발심'이라는 말이 있다.
처음으로 깨달음을 추구하고 그러한 경지에 이르려는 마음.
다시 말해, 초심이다. 누구나 처음이 있다.
처음에 품은 초심은 순수하다.
그런데 세월이 흐르고, 위치가 올라가고,
사람들의 존중을 받기 시작하면 초심이 변질되곤 한다.
초심이 변질되면 결국 모든 걸 잃는다.
이 과정을 그대로 밟은 대표적인 인물이 '궁예'다.
그리고 역사를 봐도 수많은 리더들이 처음에 잘나가다가
이렇게 내리막을 걷는 안타까운 모습을 보인다.
오늘날에도 마찬가지인 것 같다.
내가 누군가의 삶에 큰 영향을 미칠 수 있는 위치에
올라간 사람이나 그러한 위치에 오르는 것을
목표로 하는 사람은 반드시 이를 기억하면 좋겠다.

타인으로부터 귀를 닫으면 내리막길에 들어선 것이다.

너라는 선물

불행을 막는 전략

▲

사람을 불행하게 만드는 두 가지의 자세가 있다.

첫 번째는 조급함이다.
조급함이 생기는 이유는 내가 기대하는 타이밍과
실제 결과가 나오는 타이밍이 일치하지 않기 때문이다.
그럴 때는 결과를 고민할 게 아니라
나의 기대를 수정하고, 행동을 수정할 필요가 있다.

신중한 계획으로 지금 내가 해야 할 일에 몰입하여
성실하면 삶이 점점 넉넉해지지만, 조급하게만 굴면
마음이 쫓기고 예민하게 되고 결과적으로 궁핍해진다.

씨앗을 뿌리고 물을 주고

잘 관리하는 것까지가 사람의 영역이다.

그 씨앗이 땅에 뿌리를 내리고,

자라나 열매를 맺는 건 하늘의 영역이다.

사람은 사람이 할 일만 하면 된다.

그럼 조급함을 느낄 이유는 사라진다.

그리고 성급한 말이 언제나 후회를 불러오더라.

결과를 걱정하지 말고 과정에 집중하면 조급함을 이길 수 있다.

두 번째는 교만함이다.

교만함이 생기는 이유는 내가 남보다 더

우월하다고 느끼는 우월감에서부터 비롯된다.

이 감정은 실제로 내가 남보다 더

뛰어난 성과를 거둔 사람들이 겪는 것이다.

지혜로운 성현들이 동일하게 하는 말이지만,

최고의 위기는 어려울 때보다 잘나갈 때 찾아온다.

일이 잘 풀리면 사람은 긴장을 풀고, 그 일에 취한다.

그 일로 인해 좋은 열매가 맺히게 된 건

부지런함과 겸손함이 그 속에 감춰진 자원이었다는 걸 잊는다.

교만의 시작은 귀를 닫기 시작하고 입만 여는 것이다.

너라는 선물

배움을 중단한다. 배운다는 건 단순히 한 개인의
근면성실한 자기계발의 차원이 아니다.
배움을 멈춘다는 건 '나는 이제 됐다,
나는 다 안다'는 교만의 표현이다.
그러니 안주하고, 머무르고, 배움을 멈추면 교만해진다.

교만의 반대는 겸손이다. 겸손한 사람은 항상 감사할 줄 안다.
겸손한 사람은 '당신 덕분에 잘됐다'고 하고,
교만한 사람은 '내가 이렇게 잘났다'고 한다.

주어가 나인지, 남인지에 따라 삶이 달라진다.
사소한 것에도 감사할 줄 안다.
많은 사람들을 지켜본 결과 이 사람이 계속 잘될 사람인지,
얼마 지나지 않아 무너질 사람인지는
이런 감사할 줄 아는 태도를 보면 쉽게 알 수 있다.

그리고 계속 잘되는 사람은 하나같이
상대방에게 기꺼이 주는 사람이었다.
내가 가진 작은 것을 나눌 줄 알고, 기여하고,
공헌하고 싶은 마음은 만나는 모든 사람들을
내 편에 서도록 만든다. 사람은 본능적으로

좋은 기운을 가진 사람, 좋은 기분을 느끼게
해주는 사람에게 마음이 가기 마련이다.
그렇기에 항상 먼저 주는 사람이 리더고,
그런 사람에게는 계속 좋은 기회가 끊이질 않는다.
왜냐면 삶은 언제나 모든 기회를 사람을 통해서 주기 때문이다.
긍정적인 생각을 해서 우주에 에너지를 보내 좋은 기회가
끌어당겨지는 게 아니라 사람을 귀하게 여기는 태도가
그 사람으로 하여금 마음을 열게 하고,
그를 통해 자연히 기회는 찾아오는 것이다.
들숨과 날숨처럼 자연스러운 현상이고,
이건 어떤 전략 따위가 아니라 사람이 살아가는 방식이다.

뭘 하든 계속 잘되는 사람은
겸손히 배우는 사람(Learner)이고,
먼저 기꺼이 주는 사람(Giver)이고,
감사할 줄 아는 사람(Gratitude)이다.

너라는 선물

사람이 무섭게 느껴질 때

▲

사람이 무섭다는 생각이 든 적이 있다.

내가 하지도 않은 말을 내가 했다고 할 때.

나는 1을 이야기했는데, 내 이야기가 돌고 돌아
내 귀에 10으로 뻥튀기가 돼 돌아올 때.

눈앞에 의자가 하나 있어서 앉아봤더니
의자가 내가 앉기에는 조금 작았다.
"이 의자가 나한테는 조금 작네"라고 했더니
"누가 이딴 의자 만들었어? 이걸 의자라고
만들었어? 이런 쓰레기는 갖다 버려!"라고
전혀 엉뚱한 말로 와전될 때.

그런 왜곡된 말을 다른 사람의 입에서 듣게 될 때는
그럴 때, 사람에 대한 큰 실망과 회의감이 밀려왔다.
이제는 어디에도 믿고 말을 못하겠다는 생각이 들었다.

그래서 나이가 들수록 말을 아끼게 된다.
말을 많이 할수록 실수할 확률이 올라가고,
말 한마디의 책임도 무거워지기 때문이다.

필요 이상의 말은 하지 않는 게 좋다.
내 진심을 털어놓을 수 있는 사람이 많을
필요는 없다. 가족과 친구와 스승...
딱 세 사람만 있어도 되는 거 같다.

너라는 선물

생각대로 되지 않는 건 참 멋진 일이다

▲

한 남자가 있었다.

그는 매사에 열정적이었고, 한 번 하겠다고 마음을 정하면

반드시 해내고야 마는 사람이었고,

진취적이고 도전적인 청년이었다.

자신이 옳다고 믿으면 끝까지 밀고 나갔다.

지금의 자신에게 연애는 사치라는 생각에

그는 선택과 집중을 하기로 했다.

그렇게 시간이 지나 그는 자기가 꿈꾸고 바라는 대로

젊은 나이에 수많은 사람들에게 존경을 받고,

영향력 있고 성공적인 삶을 살게 되었다.

시간이 흐르면서 많은 사람들의 칭송과 존경에

그가 처음 품었던 뜨거움이 조금 느슨해질 때 즈음

어느 날 꿈에나 그리던 이상형의 여인을 만나게 됐다.

평소 그를 지켜보던 여인이 그의 삶에 운명적으로 다가왔다.

그는 너무 오랜만에 느껴보는 설렘에

너무도 그녀를 잡고 싶었다.

하루 종일 그녀 생각에 마음이 뛰었다.

하지만 어떤 이유에서였는지 모르지만,

그녀는 좀처럼 그에게 다음 만남의 기회를 주지 않았다.

그가 한 걸음 가까이 다가서려고 하면 할수록

오히려 더 멀어져만 갔다. 그는 처음에 이해할 수 없었다.

모든 게 순조롭게 풀릴 것만 같았기 때문이다.

그래서 자기가 실수한 것은 없는지

그녀와의 대화를 잠잠히 떠올리며 다시 기억했다.

바로 그때, 그녀가 대화 도중 흘리며 뱉은 말 한마디가 떠올랐고

그의 가슴에 깊게 꽂히면서 한동안 생각에 잠기게 됐다.

그 말은 매우 현실적이면서 날카로웠고,

그의 가슴을 찌르는 말이었다.

그로 인해 그는 자기에게 주어진 작은 성공에 취해

잠시 느슨해진 자신을 발견할 수 있었다.

그녀가 그에게 다시 돌아올지 안 올지는

그가 어떻게 할 수 없는 영역이었다.

설령 그녀가 그의 짝이 아니라고 할지라도

진정한 짝이 언제 어디에서 올지는

아무도 알 수 없는 일이었다.

하지만 한 가지 분명한 사실은 있었다.

언제 어디에서 그러한 인연이

나타날지는 알 수 없는 일이었지만,

'어떻게'에 대한 답은 분명했다!

그의 영향력을 통해서.

그가 세상에 보내는 신호를 통해서

평생의 인연이 그를 찾을 것이다.

마치 그녀가 그의 영향력을 통해 그에게 다가왔듯이.

그가 어떠한 신호를 보내느냐에 따라서

새로운 인연이 혹은 그녀가 다시 그를

찾아올 수도 있을 거라는 생각이 들었다.

세상에 보내는 신호라는 건,

어떤 이상한 주술이나 신비한 힘이 아니었다.

그가 자신에게 주어진 일과 비전에 더 몰입하고,

삶을 활력 있게 사는 것, 그의 삶에 긍정적인 변화가

지속 반복적으로 일어나는 것이 최고의 신호였다.

사람들이 안 보는 것 같아도

다 보고 있다는 걸 그는 잘 알고 있었다.

우리의 삶은 남에게 보이는 '편지'와도 같다는 걸 말이다.

그는 그 스스로가 더 멋진 남자가 되기로 결단했다.

자신이 진정으로 바라는 꿈과 목표를 다시 점검하고

다시 한번 칼을 갈기 시작했다.

처음 시작했을 때의 열정보다 더 뜨겁게,

실행은 날카롭고 예리한 칼처럼 하기 시작했다.

그렇게 그의 삶에는 다시금

이전보다 더 활력이 생기기 시작했다.

이전에는 겪어보지 못한 놀라운 성과들이 나왔다.

그가 자신의 삶에 더욱 몰입하고 다시 열정을 회복하자

놀랍게도 꿈에 그리던 그녀가 몇 달 만에 다시 찾아왔다.

그는 그녀를 향해 원망스러운 마음이 아니라

오히려 진심으로 고마운 마음이 생겼다.

그리고 말했다.

"내가 더 멋진 남자가 되도록 결단하고,

바라는 모습의 내가 될 수 있도록 계기가

돼줘서 진심으로 고마워.

너를 만나게 된 건 나에게 있어서
스스로를 돌아보는 계기였고,
다시 시작할 소중한 기회였고, 축복이었어."

그녀에게 이 말을 전하자 말로 다 표현할 수 없을
후련하고 자유로운 마음이 그의 마음을 감쌌다.
결과에 관계없는 자유로움,
결과로부터의 자유를 배울 수 있었기에
결과적으로 그녀와 이루어지든,
이루어지지 않든지 괜찮았다.
그는 그저 그녀의 행복만을
진심으로 바라고 응원할 수 있게 되었다.
그것은 그를 이전보다 더 멋진 남자로 존재할 수 있게 해주었다.

그는 항상 자기가 세운 목표나 꿈은 스스로 노력하면
웬만큼 다 가질 수 있었고, 이룰 수 있었다.
하지만 사랑만큼은 자기의 노력과 의지대로 쟁취할 수 없었다.
그녀와의 만남을 통해서 그는 소중한 교훈들을 얻었다.

너라는 선물

자신의 삶에 몰입하는 사람 곁으로
소중한 인연들이 계속 붙는다는 것.

언제 어디에서 꿈에 그리던 인연이 나타날지 모른다.
인연이 눈앞에 나타났을 때 자신 있게 잡을 수 있으려면
평소에 준비된 사람이 돼야 한다는 걸.

내가 원하는 타이밍에 그녀와 이루어지지 않은 것,
내 생각대로 되지 않는 것은 참 멋진 일이라는 것.
그건 실망이 아니라 오히려 감사할 일이었다는 걸.

그것이 도리어 나를 더 나답게, 내가 바라는 모습의
나로 존재할 수 있도록 하늘이 준 선물이었다는 걸.
자유할 때 또다시 기회는 찾아온다는 인생의 역설을.

생각대로 되지 않는 건 참 멋진 일이다.

Part 3

나를 일으키는 한마디

나를 일으키는 한마디

✕

나는 내게 아무런 가능성이 남아있지 않다고 생각했다.

'나는 안 돼.'

'해봤자 안 돼.'

'이런 내가 뭘 할 수 있겠어?'

그렇게 잘못된 신념은 나를 자꾸만 깊은 수렁으로 끌고 갔다.

의욕을 잃더니 결국은 자신을 잃더라.

자신을 잃으니 무엇을 위해 살고, 왜 살아야 하는지 모르겠더라.

무엇을 위해 사는지 모르니 삶은 점점 더 무기력해져 갔고

그냥 마지못해 살았다.

하지만 절망의 골짜기를 지나며 인생의 밑바닥에 떨어졌을 때,

나를 다시 일으켜 세운 건

너라는 선물

나와 같이 골짜기를 지나온 사람들의 이야기였고,
빈손으로 삶을 거머쥔 사람들의 이야기였다.

절망의 골짜기에서 마지막이라는 생각으로
희망의 봉우리를 올려다보며 용기를 내어
발걸음을 내딛었을 때,
한 교육 현장에서《어쩌다 도구》의 저자
이재덕 마스터를 만났다.
그도 자기만의 골짜기를 지나서 봉우리에 오른 사람이었다.
몇 주에 걸쳐 소그룹 모임이 있을 때마다 그는 내게 말했다.

"당신은 이 세상을 위해서라도 꼭 성공해야 할 사람입니다.
당신은 꼭 잘될 수밖에 없는 사람입니다.
머지않아 당신은 세상을 놀라게 하는
어마어마한 사람이 될 겁니다."

나조차도 나를 믿어주지 않고, 나의 가치를 의심할 때에
삶은 그렇듯 나에게 다시 한번 희망을 전해주는 천사를
보내주었다.

그때 비로소 깨닫게 되었다.

나의 초라하고 가난한 빈손이 더는 부끄럽지 않았다.

빈손이기에 거머쥘 수 있는 게 훨씬 더 많다는 것을 알았다.

이제는 내가 그 이야기의 주인공이 되고 싶다.

이 페이지를 읽고 있을 당신의 빈손을 잡아주는 사람이고 싶다.

내가 됐다면, 당신도 할 수 있다.

그의 말처럼 세상 곳곳을 다니며

내 어린 시절의 꿈처럼 꿈과 희망을

전하는 인생을 살기 시작했고

그 꿈은 지금도 현재 진행형이다.

사람을 일으키는 말은 결국 바른 말, 옳은 말이 아니라

그가 진정으로 잘되길 바라는 진심과 희망을 담은 말이다.

너라는 선물

노력한 만큼 결과가 안 나와서

✕

내가 노력한 만큼 결과가 잘 나오지 않을 때가 있다.
쏟은 노력이 좋은 결과로 바로 이어지지 않으면
그동안 했던 모든 수고와 노력이 부정당한 것 같아
의욕이 상실되고, 우울해질 때가 있다.
하지만 결과만 보고 과정 전체를 판단하는 태도는 옳지 않다.
중요한 건 내가 원하는 결과가 나오도록 만드는 거다.

만약, 지금 당신이 그런 상황이라면
반드시 이 세 가지 질문을 던져보자.

사람마다 다 다른 '노력의 기준'이란 게 있을까?
내가 한 노력이 '결과와 연결되는 노력'이었을까?
'노력의 방법'은 얼마든지 바꿀 수 있지 않을까?

너라는 선물

이 질문을 스스로에게 던지자 처음에는 뭔가
멍해졌다가 얼마 지나지 않아 냉정을 찾았다.

스스로에게 계속 질문을 던졌다.
'내 노력에서 뭐가 문제였을까?'
내가 기대하는 주관적인 노력과 실제로 결과로 연결되는
노력은 차이가 있을 수 있으니까. 내가 원하는 대로
반드시 결과가 나오라는 법은 없으니까.
결과에게는 아무런 잘못이 없다. 문제는 내 안에 있었다.
차분하게 책상에 앉아 이를 종이 위에 하나씩 적어봤다.

내가 무엇을 '덜' 했을까?
그럼 무엇을 '더' 해야 할까?
앞으로 무엇을 '안' 할까?
그럼 무엇을 '새롭게' 시도할까?

과거를 반성하고 수정 보완하며 피드백을 했다.
실체가 없는 불안이란 안개가 걷히기 시작했다.

'답이 없는 걱정'이 '답을 찾는 고민'이 된 것이다.
'노력한 만큼'보다는 '노력한 방법'이 더 중요하다.

흔히 사람들은 내가 할 수 있는 일보단,
내가 할 수 없는 일로 인해 힘들어 한다.

노력을 걱정해야 할까,
결과를 걱정해야 할까.

진짜로 걱정해야 할 게 뭘까?

노력을 걱정하면 성장하지만, 결과를 걱정하면 우울해진다.
노력은 내가 변화시킬 수 있는 일이지만,
결과는 하늘에 맡겨야 할 일이기 때문이다.

나는 어디까지나 내가 통제할 수 있는 일에만
집중하면 된다. 그럼 삶이 정말로 단순해진다.
노력은 노력대로 하고 지치지 않으려면
제일 중요한 건 '피드백'과 '성찰'이다.

노력한 만큼 결과가 나오지 않았을 때는
결과만 보고 나와 과정 전체를 단정 짓는 '자책'이 아닌,
더 나은 내가 되기 위해 자신을 돌아보는 '성찰'을 하자.

받을 수 있는 도움은 받자

╳

간혹 자기가 원하는 일을 하기 위해 부모님께
지원받는 걸 망설이고 미안해하는 청소년이나
대학생 청년들이 고민 상담을 요청하곤 한다.

물론 부모님의 힘듦을 생각하기 시작했고
고민을 한다는 것부터가 이미 성숙해졌고
철이 들었다는 뜻이기에 기특하다는 생각,
부모님에게 손 벌리지 않고 알바하면서
스스로의 삶을 개척해나가려는
자세가 너무 멋지다는 생각이 든다.

하지만 한편으로는 부모님이 도와줄 여력이 있을 때,
그 도움을 받는 건 부끄러운 게 아니라고 말해주고 싶다.

부모님이 도와줄 수 있는 시간도 한정돼있고, 자녀인 내가
날갯짓을 시작해 비상할 수 있는 시간도 한정돼있으니까.

모든 걸 나 혼자만의 힘으로 준비한다면
그 준비 과정에 쏟는 에너지도 만만치가 않다.
그 시간에 차라리 진짜로 해야 하는 일에
에너지를 쏟는 게 더 현명할 수 있다.

부모님께 평생 미안해하기보단 지금 잠시
도움을 받고 나중에 더 잘돼서 갚아드리라고 말이다.
내가 잘되는 것, 내가 남을 도와줄지언정
남에게 아쉬운 소리 안 하고 사는 것.
그게 당장에 내가 몇 푼 아끼기 위해 절약하고,
부모님에게 손을 안 벌리려고 알바를 하는 것보다
부모님이 더 원하는 거라고 말이다.

너라는 선물

인생의 위너 Winner

✕

나보다 뛰어난 사람에겐 배울 것.

나보다 부족한 사람은 도와줄 것.

나와 안 맞는 사람에게는 무리하지 말 것.

나와 잘 맞는 사람에게는 정성을 다할 것.

대화하면 기분이 확 나빠지는 사람은 멀리할 것.

긍정적인 기운이 전해지는 사람을 가까이할 것.

가깝지만 소홀했던 사람들에게 더 잘해줄 것.

모든 사람들과 다 잘 지내려고 애쓰지 말 것.

누구를 만나든지 배울 게 있다면 배울 것.

그게 나를 위해서 가장 남는 장사라는 것.
'나는 저렇게는 안 살아야지'란 뒷말 듣는 사람보다는,
'나도 저렇게 살아보고 싶다'란 말 듣는 사람이 될 것.

내 편은 아니어도 일부러 적을 만들지는 말 것.
이왕이면 만나는 사람들에게 좋은 기억으로 남을 것.
두 번 다시는 볼 일 없는 사람 같아도
내 생각보다 세상은 좁다는 걸 알 것.
그러니 매사에 후회를 남기지 말 것.

줄 때는 기대하지 말고 아낌없이 줄 것.
단, 주고 나서는 곧바로 잊어버릴 것.

마침내 좋은 일이 되어 내게 돌아온다는 걸 알 것.
결국, 기버(Giver)가 위너(Winner)라는 걸 알 것.

"주는 사람이 리더이고,
아낌없이 주는 기버(Giver)가
인생의 위너(Winner)입니다."

너라는 선물

뭘 해야 할지 모를 때

✕

'뭘 하긴 해야겠고, 뭘 할 진 모르겠고...'
뭐라도 한번 해보겠다고 일단 저지르긴 저질렀는데,
어디서부터 시작해야 할지 몰라서 막막할 때가 있다.
그럴 때는 절대 혼자 책상 앞에 앉아 끙끙 앓지 말자.

이민규 박사의 《실행이 답이다》에서는 말한다.
"최선을 다한다"는 말의 범위를 나에서 멈추지 말고,
내 힘으로 안 될 때는 다른 사람의
도움을 받는 것까지 가야 한다고 말이다.

'도움을 요청한다'는 건 나란 안테나를 꼿꼿이 세워
세상을 향해 신호를 보내는 것과 같다.
그 신호는 목적과 동기가 아름다울수록 더 강해진다.

기꺼이 도움을 요청하자.

생각보다 문제가 쉽게, 빨리 해결될 수 있을 것이다.
내가 그 산증인이니까, 나도 그렇게 인생을 바꿨다.
이곳저곳 전국을 다니며 인생의 스승을 찾아다녔다.

삶은 언제나 사람을 통해서 기회를 준다.
내가 아는 사람이 적고, 늘 똑같은 사람만 만나고,
늘 나의 바운더리 안에서만 시간을 보내면
그만큼 나란 안테나가 신호가 약하다는 것이다.
그 말은 삶이 나에게 기회를 줄 통로와 재료가 적다는 의미다.

뭘 할지 몰라 막막할 때는 일부터 저지르지 말고,
반드시 사람부터 만나자. 용기를 내서 찾아가보자.

어디서부터 시작할지 모를 때

✕

어디서부터 시작해야 할지 앞길이 캄캄할 때가 있다.

그럴 때는 가장 쉽고, 가장 작고,

지금 바로 할 수 있는 일부터 하면 된다.

너무 당연한 말 같고, 이미 다 아는 말 같지만

아는 것과 하는 것은 전혀 다른 문제다.

실패는 성공의 어머니란 말이 있지만,

실패는 또 다른 실패를 낳을 뿐이더라.

그래서 많은 전문가들은 말한다.

"작은 성공을 쌓아나가라."

시대의 스승이라 불리는 하버드대 심리학 교수이자

《12가지 인생의 법칙》 저자인 조던 피터슨 박사는
"세상을 탓하기 전에 방부터 정리하라"고 말한다.
거창한 일을 하려고 하기 전에
내 방 침대 이부자리부터 정리하라는 것이다.
뜬구름 잡는 소리가 아니다.
지극히 사소하고 작은 일부터 해내란 것이다.
무기력한 사람들에게 '작은 성취감'이 필요하단 것이다.

정성을 담은 사소한 선물이 사람을 감동시키듯,
정성을 담은 사소한 습관이 삶을 감동시킨다.
결정적인 순간에 반드시 그 정성은 빛을 발한다.

작은 성공이 쌓여 축적되면 평범함이 비범함이 된다.
매일 쌓아올린 것이 힘이 있다.
사람이 무언가 하나를 열심히 한다는 것,
그 노력을 매일 쌓아간다는 건
내가 바라는 것에 점점 가까워지고 있다는 의미다.
당장에 결과가 보이지 않는다고 실망할 필요는 없다.
나무도 열매를 내는 것보다 뿌리를 내리고 자라나
가지와 잎이 무성해지고 마지막에 열매가 난다.
모든 순간들이 다 소중한 것이다.

너라는 선물

그렇다면 일단 씨앗부터 뿌려야 한다.

뿌리기만 해도 성공인 것이다.

유명한 성서의 구절처럼

시작은 미약할지라도 그 끝은 창대할 것이다!

인생에 닥친 문제

✕

어떤 사람은 어떤 상황에서든

'할 수 없는 이유'를 찾는 데 시간을 쓴다.

할 수 없는 이유를 찾는다면야

사연 없는 사람은 어디에도 없을 거다.

이런 태도는 우리를 계속 주저앉게 한다.

어떤 사람은 해결책을 찾으며

'할 수 있는 일'을 찾는 데 시간을 쓴다.

할 수 있는 일을 찾으려 하다 보면

할 일이 계속 해서 생기기 마련이다.

이런 태도는 우리를 다시 나아가게 한다.

문제를 바꾸는 건 결국 나의 태도다.

너라는 선물

잘 살고 싶다면

✕

사람이 조금은 영악할 필요가 있다.
착하게 사는 것보다 제대로 사는 게
더 현명한 것 같다.

내가 해야 할 일이 무엇인지를 알고,
그 일에 온전히 집중하고, 결국 그 일을
마침내 해내는 게 결국 나한테 값진
경험이 되고, 나한테 남는 거다.

내가 할 일이 명확하지 않으면
남의 쓸데없는 말이 거슬린다.
안 그래도 확신이 없는데, 남까지
아픈 부분을 건드리니 말이다.

물론 사람이 모든 일을 확신을 갖고 할 순 없다.
그래서 '뭐라도 한다'는 게 중요한 태도였다.

뭐라도 하면 뭐라도 된다.
뭐라도 하면 무슨 일이라도 생긴다.
그걸 계속 쌓으면 놀라운 일이 일어날지도 모른다.
뭐라도 하고, 이왕이면 그걸 계속 하는 게 좋다.
그게 바로 '기회'라는 것이다.

남들이 뭐라고 하든지 나는 내 할 일을 묵묵히 해내면,
그럼 그 일은 증발하지 않고 고스란히
축적되어 결국에 뭐라도 되어있을 것이다.

남들의 시선과 잡음에 너무 흔들리지 말자.
그들이 던지는 말에 하나하나 영향받아 대꾸할 가치도 없다.
나는 내 할 일을 하고, 내 갈 길을 가는 게 뭐라도 남는 길이다.
그게 결과적으로 제대로 사는 거고,
원한다면 착하게도 살 수 있다.

남의 말에 영향 받지 않고 내 소신껏 밀고 나가서
내가 원하는 삶을 살고 있다면 그게 잘 사는 거다.

너라는 선물

위기를 기회로 바꾸는 마법

✕

지난해 디즈니의 유명한 애니메이션 〈라이온 킹〉이
실사판으로 나왔다고 해서 봤다.
어린 아기사자 심바가 하이에나들로부터 쫓기고 있는
위기의 상황에서 아빠인 무파사가 하이에나들을
제압하고 그를 구해주는 장면이 있다.
시간이 흘러 심바도 어른이 되고,
그의 삼촌 스카와 수많은 하이에나들에게 빼앗긴
자신의 왕국을 되찾기 위해 용감하게 싸우고
마침내 되찾아 왕이 되는 모습을 보며 깨달은 게 있다.

삶을 살다보면 언제나 예기치 못한 위기가
찾아오기 마련이고 위기는 누구에게나 찾아올 수 있다.
하지만 누군가는 위기에 사로잡혀 쓰러지고,

누군가는 위기 속에서 기회를 발견한다.

그렇다면 위기를 기회로 바꾸는 법은 뭘까?

많은 사람들이 기회를 찾아 헤맨다.

하지만 기회는 찾는 게 아니라 찾아오게 만드는 것이고,

기회는 처음부터 원래 그 자리에

있었다는 표현이 더 맞는 표현인 것 같다.

심바가 아기사자일 때는 모든 환경이 다

위험요소였고 위기를 피해야 했지만,

어른이 된 순간부터 모든 환경이 그에게는

기회였고 주변에 먹잇감들이 널려있게 되었다.

아니, 처음부터 먹잇감(기회)은 늘 그 자리에 있었다.

단지, 그 당시의 내 수준에서는 그게 보이지 않았을 뿐.

위기를 기회를 만드는 법은 '성장'에 집중하는 것이다.

몸만 커지는 성장이 아닌, 그 기회를 잡을 수 있는

진정한 어른으로 성장해가는 과정이 필요한 것이다.

위기를 피하는 게 아닌, 위기와 부딪히며 강해지고

인생의 맷집이 강해지는 시간이 반드시 필요하다.

Chance와 Opportunity는 모두 기회로 번역되지만

너라는 선물

이 둘의 의미는 완전 다르다. Chance는 노력 없이
운 좋게 찾아온 불확실하고 우연한 행운을 의미한다.
Opportunity는 어떤 목적이나 바람을 갖고
열심히 노력의 과정에서 주어진, 만들어진 기회를 의미한다.

내가 잡아야 할 것은 언제 올지도 모를 행운의 Chance가 아닌,
노력의 과정에서 스스로 만들어낸 Opportunity다.

내 성장에 아낌없이 투자하자. 기회는 나에게 투자하는 거다.

> "Invest in yourself, 최고의 투자는
> 당신 자신에게 투자하는 것입니다."
> _워런 버핏

진정한 성공

✕

'성공'이라는 단어를 생각하면 한국 사람들은
'경제적'인 부분, 부와 명예만을 생각하는 경향이 강한 것 같다.
그리고 성공하면 행복할 거란 환상을
여러 매체를 통해 굉장히 많이 심어주는 것 같다.
하지만 진정한 성공과 행복이란 '자유'가 아닐까 한다.

그 자유를 얻기 위해 누군가는 돈이 많아야 한다고
생각하고 돈이 행복의 상당 부분을 차지하고,
돈이 자유를 가져다준다고 말하지만...
부와 명예, 인기를 모두 가진 사람들이
극단적인 선택을 하며 생을 마감하는 걸 보면
그게 진짜 행복한 삶을 가져다주는 게 아니고,
그게 성공도 아닌 것 같다.

너라는 선물

물론 돈이 중요하지 않다는 건 아니다. 매우 중요하다.

그런데 오히려 욕망과 욕심 자체를 줄여서

미니멀 라이프를 추구해서

자유를 만끽하고 행복해질 수도 있다.

모두가 바라는 행복의 모습, 성공의 모습은 다 다르다.

하지만 성공과 행복은 별개가 아닌 것 같다.

성공해서 행복한 게 아니라 행복한 게 성공인 거 같다.

이건 '내가 행복하면 장땡이지'라고 하며 허랑방탕하게

사는 게 아니라 스스로가 자기 선택에 대한 책임을 지고,

매일 소중한 의미를 더하며 사는 것을 말한다.

내게 주어진 자유를 썩어질 가치가 아닌

영원한 가치에 투자할 줄 아는 것이 성공이 아닐까 한다.

좋아하는 사람의 선물을 준비하는 기분이 어떨까?

분명 객관적으로 보면 내 돈과 시간이 들어갔고

수치적으로는 분명 마이너스임에도

선물을 받는 사람이 이것을 받고 기뻐할 모습을

상상하면 그 과정에서부터 나는 이미 내가

선물을 받을 사람처럼 행복해진다.

우리는 잘 안다. 세상이 아무리 각박해지고

자기중심적으로 변하더라도 본능적으로 온몸과 세포가
기억한다.

나에게 의미 있는 사람에게 내가 소중한 의미가 되고,
그 사람을 행복하게 만들어줄 때 사람은 행복해진다.
결국 받을 때보다 줄 때 행복해지는 것이다.
줄 수 있는 사람이 있고, 주고 싶은 마음이 들게
만들어준 그 사람에게 고마운 것이다.
이를 조금만 더 확장해서 생각해보면
내가 생각하는 성공은 이렇다.

나로 인해 사랑하는 사람들과
다른 사람의 인생이 긍정적으로 바뀌고,
내가 살던 세상이 나로 인해
더 따뜻하고 살만한 곳으로 바뀌는 것.
내가 잘사는 것에 그치지 않고
나로 인해 누군가가 더 잘살게 되는 것.
내가 무엇을 위해 사는지 알고
그 목적대로 살고, 그 목적을 이루는 것.
잘 살기 위해서 사는 게 아니라 잘 죽기 위해 사는 것.
그래서 오늘이 마지막인 것처럼

너라는 선물

내게 주어진 하루를 선물처럼 사는 것.
그래서 후회를 남기지 않는 것.
각자가 자기 스스로 생각하고 정한 기준에서 살고,
스스로가 선택한 삶 속에서 자유를 누리며
사랑하는 사람들에게 나눠줄 수 있는 것.

이 글을 보는 분들이 진정으로 성공하고,
진정으로 행복해졌으면 좋겠다.

삶을 바꾸는 힘, 온전한 집중

✕

사람들이 가장 많이 하는 고민 중 하나는
'미래에 대한 것'이다.
앞으로 뭘 하면서 살지, 어떻게 살아가야 할지
막막하다고 할 때가 많다.
불확실한 미래를 걱정하는 생각은 누구나
정도의 차이가 있을 뿐 안고 살아간다.
내가 가장 존경하는 작가인 '스펜서 존슨'은 그의 책에서 말했다.

"과거에서 배우고, 현재에 충실하고, 미래를 계획하라."

이 한 줄의 문장은 내가 온전히 현재에 집중할 수 있게
도와주었다.

너라는 선물

내가 할 수 있는 일만 하고, 내가 할 수 있는 일에만 집중하자.

이미 흘러간 과거를 바꿀 수는 없지만 그 과거를 통해

교훈을 얻고 배우며 과거에 저지른 실수와 잘못을

현재 다시 반복하지 않을 수는 있다.

그럼 나는 점점 더 '덜 틀리는 사람'이 될 것이다.

사람은 몰입할 때 행복하다. 다른 것에 신경 쓰지 않고

온전히 하나에 집중할 때 행복하다고 한다.

현재에, 지금 이 순간에 가장 옳은 것에

집중하고 정성을 쏟으면 행복하다.

온전한 집중은 더 나은 오늘을 만들며

성과는 따라오기 마련이다.

여러 잡념을 가진 상태로 활시위를 당기는 사수보다

오직 과녁에만 온전히 집중하는 사수가

명사수가 될 확률이 현저히 높아지듯 말이다.

나아가 오늘보다 더 나은 내일을 위해

'내가 되고 싶은 모습'을 생각하며 계획을 세우고,

그 계획을 하나씩 하나씩 이루어가면

내가 되고 싶고 꿈꾸던 모습은 생생한 현실이 된다.

물론 인생이 내가 계획한 대로만 흘러가지 않을 것이다.

하지만 '그냥 될 대로 되라'는 생각으로 질서 없이

사는 사람과 '분명한 목적을 갖고' 사는 사람은 결말이 다르다.

사람들은 과거를 후회하고, 미래를 걱정하느라
가장 중요한 현재에 온전히 집중하는 것을 놓칠 때가 많다.
머리로 안다고 해서 아는 게 아니다.
인생은 아는 게 중요한 게 아니라 하는 게 중요하더라.
사랑하는 사람에게 잘해야겠다고 머리로는 알면서
상처 주는 말을 하는 것과 힘이 되는 말을 하는 것은 다르다.
공부해야겠다고 머리로는 알면서 스마트폰을
만지는 것과 공부에 온전히 집중하는 것은 다르다.

우리에게는 온전한 집중이 필요하다.
과거에도, 미래에도 얽매이지 않는 온전한 집중,
지금 이 순간에 충실하며 내게 주어진 하루를
정성스럽게 사는 태도 말이다.

잘되든 안 되든 다 이유가 있다

✕

"왕관을 쓰려는 자, 왕관의 무게를 견뎌라",
"심는 대로 거둔다"는 말이 있다.
세상 이치가 그렇다. 공짜가 없다.
그냥 얼렁뚱땅 쉽게 된 게 하나도 없다.

누군가 날씬하고 멋진 몸매를 가졌다는 건,
남들이 먹고 싶은 거 마음껏 먹을 때
그는 절제했다는 거고, 남들이 바빠서
운동할 시간이 없다고 할 때
바쁜 와중에 시간을 확보해서 운동을 했단 거다.

누군가 잘나가고 성공의 길을 걷는다는 건
누구에게나 똑같이 주어진 24시간을

남들과는 다른 카이로스의 시간을 보냈기 때문에
그런 결과를 얻을 수 있었던 거다.
바쁜 와중에도 자기계발을 멈추지 않았던 거다.

어리석은 사람은 "저 사람은 원래 타고난 거야"라며
남의 노력은 깎아내리고, 남에게는 엄격하고
자기 자신에게는 관대하다. 그 일을 할 수 없는
이유와 핑계를 찾는다. 매사에 삐딱하게
남과 세상을 바라보며 부정적이다. 그러니 안 될 수밖에.

지혜로운 사람은 "나도 저렇게 되고 싶다"라며
동기부여를 받고, 누군가 좋은 결과물을 만들어내면
그에게서 배우려고 한다.
자신을 깎으며 하루하루 더 멋지게 조각된다.
그 일을 할 수 있는 방법과 길을 찾는다.
매사에 앞서가는 사람에게는 배우려고 한다.
그러니 잘될 수밖에.

잘되는 사람은 다 이유가 있고,

안 되는 사람도 다 이유가 있다.

작은 식당을 운영하는 자영업자들에게

컨설팅을 해주는 유명 프로그램을 보면

장사가 잘되는 집과 장사가 안 되는 집의 차이가

극명하게 갈린다. 실제로 장사가 안 되고

파리 날리는 곳을 가보면 사장들이 대개

폰 만지고 TV 보고 있는 곳이 많았다.

심지어 아이패드로 축구 경기를 보는 사람도 있었다.

가만히 앉아서 손님을 기다린다.

기존 고객에게도 최선을 다하지 않으면서

장사가 잘되길 바란다. 경기를 탓하고, 상권을 탓한다.

반면 장사가 잘되고 손님이 줄을 서는 곳을 가보면

사장들이 아무리 바빠도 배움과 연구를 멈추질 않더라.

손님들에게 하나라도 더 주려고 애쓰고,

손님들이 어떤 것에 반응하는지 유심히 관찰한다.

그러니 손님이 또 다른 손님을 데리고 온다.

많은 사람들이 경기가 안 좋다고 하지만,

잘되는 곳은 지금 이 순간에도 손님이 줄을 서고 잘되더라.

너라는 선물

세상만사 무슨 일이든 다 이유가 있다.
세상에 쉬운 일이 없고, 세상에 공짜는 없고,
거저 얻어지는 건 없다.

무언가 원하는 걸 얻기 위해서는
반드시 대가를 지불해야만 한다.
쉽게 얻으면 쉽게 잃고, 힘들게 얻으면
그 쏟은 노력만큼 귀중하다.

간절함보다 중요한 것

✕

원하는 무언가를 얻거나 목표를 이루기 위해서
필요한 것을 말할 때 흔히 '간절함'이 필요하다고 한다.
하지만 실제로는 그렇지만은 않았다.
간절함이 어떤 목표를 위해 나아가게 만드는
하나의 계기와 시발점, 동력은 될 수 있을지 몰라도
그 자체가 무언가를 이뤄주진 않는다.

지혜의 왕 솔로몬의 잠언을 보면,
"지식이 없는 열심은 위험하다"고 한다.

'열심히' 하는 것보다도 '제대로' 하는 게 중요하다.
제대로 해내려면 한 우물만 파는 우직함보다도
이 우물이 아니면 곧바로 다른 우물도 파보고,

　　　　　　　　　　　　　　　　　　너라는 선물

상황에 따라 얼마든 다른 방법으로 바꿔가면서

다양하게 시도하고 여러 우물을 팔 수도 있다는

가능성을 열어둘 줄 아는 '유연함'이 필요하다.

'이게 아니면 안 된다'는 간절함이 필요하기도 하지만,

'이게 아닐 수도 있다'는 유연함도 반드시 필요하더라.

독수리 마인드

╳

닭은 시력이 거의 퇴화되었다고 한다.
늘 바로 눈앞의 모이를 쪼아 먹기에 급급하다.
반면 독수리의 시력은 인간의 5배라고 한다.
독수리는 가장 높은 곳에 둥지를 튼다.
그래서 시야가 아주 넓다. 1km 밖에서도
뛰어가는 토끼를 발견하고 높은 상공에서
빠른 속도로 하강해 먹이를 사냥한다.
그러니 독수리를 보고 새들의 왕이라 한다.

닭은 강한 바람이 불면 날아갈까 싶어
몸을 자꾸 움츠릴 뿐이지만,
독수리는 바람이 강하면 강할수록 큰 날개를 펼치고
도리어 바람을 이용해 편안하게 비행한다.

너라는 선물

늘 눈앞에 닥친 문제에 아등바등하는 닭이 아닌,
좀 더 먼 곳을 바라보며 의연하게 날아올라
거침없이 목표를 향해 돌진하는 독수리가 되자.

인생은 어차피 내가 계획한 대로 흘러가지 않는다.
나의 바람대로 되라는 법도 없다.
그러니 그로 인해 실망하고 속상해하지 말자.
어차피 불어올 바람을 사서 걱정하기보단,
내게 있는 나만의 무기가 무엇인지에 집중하고
그것을 활용하는 힘을 키우는 게 훨씬 지혜로운 선택일 것이다.

사람이 우울해지는 가장 큰 이유 중 하나는
자꾸만 내가 할 수 없는 영역에 집중하기 때문이다.
내가 할 수 있는 영역을 고민하면 생각보다
할 수 있는 일이 엄청 많다는 걸 알게 된다.
걱정하면 걱정이 더 커질 뿐 있던 힘도 빠진다.

내가 할 수 있는 일을 찾아보고, 질문하고,
고민하다 보면 고민은 결국 해답을 찾는다.
이미 있는 에너지를 쓰는 건 취미고,
고갈되고 바닥난 에너지를 스스로 만들어내는 건

'열정'이라는 말이 있다.

나는 열정을 스스로 만들어낼 수 있는 사람이다.

나는 내가 생각하는 것보다 훨씬 많은 걸 할 수 있는 사람이다.

독수리로 살자.

미운 오리 새끼처럼

스스로의 한계를 정해놓고 살지 말자.

인생은 정복하는 게 아니라 버티는 거다

✕

많은 사람들이 인생을 산에 오르는 것에 비유하곤 한다.
그렇다 보니 '무언가를 이루지 못한 것'에 대한
죄책감을 안고 살아간다. 나보다 더 빨리
목표를 이루거나 앞서 가는 사람을 보면
조급함과 시기심이 생기고, 온 사방이 적으로 보인다.
이 모든 게 인생을 산을 정복하는 것으로 여겨서 그렇다.
성공학과 처세술에 관한 책들에 자주 등장하는 게
바로 인생을 산에 비유하는 것이다.
그럼 별로 이룬 게 없는 대부분의
평범한 사람은 실패자가 되는 것이다.
하지만 인생을 사막을 건너는 것으로 여긴다면
끝까지 버티고 살아남아 마침내
통과한 모든 사람이 성공자가 된다.

이진희 목사는 《광야를 읽다》에서 말한다.

인생은 산보다는 사막을 더 많이 닮았다고 말이다.

산은 높은 곳을 올라가면

낮은 곳과 주변의 경치가 한눈에 들어온다.

하지만 사막에서는 여기가 어디인지

방향을 가늠하기조차 힘들다.

산은 올라가다가 힘들면 그늘에 앉아 쉴 수 있지만,

사막은 그늘은커녕 풀 한 포기조차 보기 힘들다.

산은 걸어갈 길이 어느 정도 보이지만,

사막은 도무지 길이 보이질 않는다. 온 사방이 모래천지다.

산은 올라가다가 힘들면 다시 왔던 길로 그대로

내려오면 되지만, 사막은 힘들다고 다시 되돌아갈 수도 없다.

왜냐면 사막은 하루 사이에 바람으로 모래 언덕이

통째로 사라졌다 새로 생기길

수없이 반복하는 곳이기 때문이다.

'10년이면 강산도 변한다'는 말처럼 산은

변화가 더디지만, 사막은 하루가 다르게 변한다.

우리가 사는 현실도 하루가 다르게 변한다.

사막에서는 살아남기만 해도 성공이다.

통과하면 대성공이다.

너라는 선물

사막에서는 앞서 가는 사람을 질투할 필요도 없다.

산은 먼저 정상으로 가기 위해 달려갈 수 있지만,

사막은 빨리 가겠다고 혼자 가면

명을 재촉하는 길이기 때문이다.

사막에서는 반드시 가이드의 도움을 받아

여럿이서 함께 가야 한다. 산을 오르는 사람은

세상을 경쟁의 장으로 보지만,

사막을 건너는 사람은 세상을 협력의 장으로 본다.

성공한 사람들은 자기가 세운 목표 하나를 이룬 사람들이다.

그건 인정한다. 하지만 마치 인생 전체를

정복한 것처럼 과장하는 것에 속지 말자.

그들도 사실 버티는 과정에서 일어난 사건들이다.

그러니 하루를 '버틴다'는 생각으로

사는 자신을 더는 자책하지 말자.

사막과도 같은 인생은 원래

정복하는 것이 아니라 버티는 것이다.

사막을 건너는 건 발 빠른 말이나

백수의 왕 사자가 아니라 느리지만 우직한 낙타다.

새빨간 거짓말

✕

"좋아하는 일을 하면 성공한다"는 말을 하는 사람들은
이미 성공했기 때문에 그 말을 할 수 있다.
그리고 그 말이 그 당사자에게는 진실이고 진심이다.
하지만 사람들이 그 말만 믿고 잘 다니던 직장에 사표를 내거나
학교를 자퇴하는 건 위험천만한 일이다.

좋아하는 일을 (처음부터 찾기란 어렵다. 좋아하는 일을 결국은
찾을 수 있을 거라는 믿음은 가지되, 그 믿음은 마치 나침반의
침과 같다. 그럼 일단 마음이 가리키는 어렴풋한 방향을 따라 뭐든
해봐야 한다. 뭐라도 해야 무슨 일이라도 생긴다. 어쨌든 가리키는
방향대로 내 발로 직접 걸어가 봐야 한다. 걸어가면서 다양한
사람들을 만나고 뭐든 해보는 과정에서 손에 잡히는 '무언가'
가 생긴다. 이것도 해보고 저것도 해보면서 탐색한다. 그러다 한

너라는 선물

가지를 열심히 해봤는데 실패한다. 그리고 다른 길을 찾아본다. 이 과정을 수차례 반복한다. 사람마다 빨리 찾기도 하고, 늦게 찾기도 하고, 못 찾기도 한다. 처음에는 누구나 '모르니까' 잘 못한다. 이럴 때 재미는 사치다. 뭘 알아야 아는 맛이 있고, 아는 만큼 보이고, 아는 것이 힘이다. 어느 정도 알았다면 이제 직접 해봐야 한다. 이 과정을 또 반복한다. 모르면 재미도 없고 하기도 싫다. 잘해야 재미있다. 잘하려면 열심히 해야 한다. 많은 연습이 필요하다. 연습하고 보완할수록 점점 잘하게 된다. 잘하면 주변에서 인정받게 된다. 칭찬은 고래를 춤추게 하듯 인정받으면 더 잘하고 싶어진다. 더 잘하게 되면 인정과 돈이 따라온다. 돈이 잘 벌리면 누릴 수 있는 게 더 많아진다. 선택이 더 자유로워진다. 내가 하는 일을 잘해서 인정받고, 돈까지 잘 벌면 그 일이 점점 더 재미있어진다. 그 일에서 도사가 된다. 결국은 잘해야 한다. 잘한다고 무조건 성공하는 건 아니지만, 성공하려면 결국 잘) 해야 성공한다.

"좋아하는 일을 해야 성공한다"는 말 한마디는
이렇듯 수많은 과정이 생략된 말이다.
그 과정을 건너온 사람에게는 저 말이 진실일지라도,
과정이 없는 사람에게는 해당되지 않는다.

결국 인생이란,

커다란 공통의 명제나 진리 안에

나만의 괄호 ( )를 채우는 작업이다.

그 괄호 속에

나만의 과정, 나만의 스토리를 담으면 세상에서

둘도 없는 나만의 무기가 된다. 기꺼이 괄호를 채우자.

괄호를 건너뛰려는 사람은 절대 원하는 걸 이룰 수 없다.

성공은 특별한 사건에 의해서 만들어지는 게 아니라

치열한 과정에 의해서 만들어진다.

내가 좋아하는 일을 하면서
성공할 수 있다?

✕

'나'라는 퍼즐을 '세상'이라는 퍼즐 판에 끼울 때
내가 좋아하는 일을 하면서 의미 있는 성공도 이룰 수 있다.
그것이 그리 먼 곳에 있는 일이 아니다.
내가 가진 강점 퍼즐을 세상의 비어있는 공간(결핍)에
끼워 넣으면 된다. 그럼 나의 강점은 무엇일까?
누구에게나 각자의 인생에서 어려움을 보낸 시기가 있다.
그 시기를 어떻게 이겨냈는지, 어떻게 극복했는지가
누군가에게는 꼭 필요한 메시지일 수 있다.

고교 중퇴, 중국집 배달부 출신이지만
현재 연봉 2억 원의 스타강사가 된 박현근 코치는 말한다.
"내가 가진 스토리를 가장 무시하는 사람이 바로 나입니다.
누군가에게는 그게 꼭 필요한 이야기인데, 나만 나를 무시해요."

가령 아이 셋을 키우고 대학을 보낸 엄마의 이야기는
이제 결혼을 하고 첫 아이를 임신한 새댁에게는
꼭 필요한 이야기일 수 있다.
많은 사람들이 성공한 스토리에만 귀를 기울일 것 같지만
실패한 스토리가 오히려 더 강력할 수 있다.
"이렇게 하면 망한다", "저렇게 살지 말아야지"가
오히려 더 필요한 교훈일 수 있다.
그렇게만 안 하면 망하는 걸 피하니까 말이다.

세상은 큰 성공을 꿈꾸는 사람보다도
망하지 않길 바라는 사람이 훨씬 많다.
좋아하는 일을 하면서 성공하기 위해 가장 많이 고민하고,
스스로에게 던져야 할 질문이 이것이다.

'나는 누구를 돕고 싶은가? 사람들이 내게 자주 묻는 게 뭔가?
내가 그들에게 줄 수 있는 것이 과연 무엇인가?'
성공은 결과가 아니라 결국 많은 사람들을 돕는 과정에서
맺힌 하나의 열매일 뿐이다.
삶이 나에게 던져준 인생의 '문제집'을 온 힘을 다해 풀었더니
그 문제를 풀어간 과정이 누군가에게는
귀한 '해설집'이 되더라.

너라는 선물

그 해설집을 세상에 나누는 게 성공이다.
좋아하는 일을 하면 돈이 따라오는 게 아니라
남을 돕는 것에 초점을 맞추면 성공은 따라온다.
내가 좋아하는 일과 남에게 도움이 되는 일이 겹치는 부분을
찾는 것이 핵심이다. 그 부분을 찾아낸 사람들이 좋아하는 일을
하면 성공한다고 말한다. 그 부분을 찾지 못하고 단순히
'자기만' 좋아하는 일을 하는 사람들은 결국 지치게 된다.

≪부의 추월차선≫의 저자 엠제이 드마코는
단순히 돈만 벌겠다는 이기적인 욕심으로 사업을 시작하지
말라고 했다. 그는 분명히 그의 책에서 가장 중요한 내용이기에
"다시 한번 말하겠다"고 하며 돈을 쫓지 말고 욕구(정서, 결핍)을
쫓으라고 말한다.

나의 이익(Profit)을 잠시 내려놓고, 남의 유익(Benefit)을
우선시하면, 결과적으로 남이 나를 성공시켜준다.

꼭 기억하자. 나는 평생 사람을 상대로 일을 할 것이고,
내가 돈을 벌게 해주는 것도 결국 사람이고,
사람은 결코 혼자서 성공할 수 없고,
사람을 대하는 자세에서 모든 게 결정된다.

내가 원하는 일

✕

지금 행복하지 않은 이유 중 하나는 '일'이 가장 큰 것 같다.
눈을 뜨고 있는 대부분의 시간 동안 '내가 원하지 않은 시간에',
'내가 원하지 않은 사람들과', '내가 원하지 않은 방식으로',
'내가 원하지 않는 일'을 계속 해야 하기 때문이다.

하기 싫은 일을 매일 반복하면
멀쩡했던 사람도 마음에 병이 생긴다.
꼴도 보기 싫은 사람을 매일 만나야 하면
인간관계가 그저 고통스런 숙제가 된다.
가기 싫은 곳에 매일 가야 한다면
현실이 창살 없는 감옥, 지옥이 된다.

'하고 싶은 일만' 하는 것이 아닌,

'하고 싶은 일도' 하기 위해서는
어느 정도는 '내가 원하는 일'을 할 수 있어야 하고,
뭔가 다른 행동을 취해야 한다.

현실적으로 두 가지의 방법이 있다.

첫째, 일은 그저 일이라고 대하는 방법.
일 안에서 행복을 찾겠단 생각은 아예 내려놓고,
일해서 번 돈으로 내가 좋아하는 일을 하는 방법이다.
그렇게 하기 위해선 눈앞의 원하지 않는 일을 마주하고
원하는 일을 할 때까지 버틸 '용기'가 필요하다.

둘째, 좋아하는 일을 찾아서 하는 방법.
현재 좋아하는 일이 마땅히 없어서
답답하다면 시간이 필요하다.
책상에 가만히 앉아서 시간을 보내면 절대 찾을 수 없다.
내가 뭘 잘하고, 좋아하는지 내 안에
잠든 거인을 깨우기 위한 '용기'가 필요하다.

좋아하는 일이 따로 있는데 원하지 않는 일을
계속하는 상황에서 선택을 주저한다면 얘기가 달라진다.

좋아하는 일이 실제로 '직업'이 된다면 행복하다.

하지만 자본주의 사회에서 그 행복이 계속 유지되기

위해서는 반드시 필요한 요소가 있다.

그 일이 (어느 정도는) '돈'이 돼야 한다는 점이다.

지금 좋아 죽는 연인과도 뜨거운 시기가 지나면 권태기가 온다.

좋아하는 감정은 매우 소중하다.

하지만 감정은 뜨거울 때가 있고 식을 때가 있기 마련이다.

좋아하는 일을 찾는다는 것은 어쩌면 실체가 없는 일일 수 있다.

좋아하는 마음은 언제든 바뀔 수 있다.

좋아하는 음식도 나이에 따라 입맛이 계속 바뀐다.

좋아하는 일을 찾기 위한 노력보단,

내가 나를 더 좋아하게 만드는 일이 더 중요하다.

내가 최선을 다해 신중히 내린 선택이라면

그 선택은 반드시 어떤 모습으로든 미래의

내 인생에 연결될 거란 믿음을 가져야 한다.

그리고 나는 그 믿음을 갖고 오늘을 살아가면 된다.

그게 제일 오늘을 잘 사는 법이니까.

브레이크

✕

2021년 5월 10일,

비가 내리던 월요일 오후 4시경에 교통사고가 났다.

평소처럼 브레이크를 밟았지만 차의 속도가 줄지 않았고,

당황한 나머지 핸들을 꺾자 빗길에 차가 미끄러지며

중앙선을 넘어 반대편에 오던 차와 충돌하고 말았다.

그 순간 정신을 잃었다.

몇 초가 흘렀을까, 다시 눈을 떠보니 차 안에는 연기가 자욱했고

온몸이 떨리고 있었고, 팔이 너무 아팠다.

눈을 뜨자 내 입에서는 이 한마디가 나왔다.

"하나님, 감사합니다."

간신히 차에서 내리자 충돌했던 상대편 차량의

차주는 폰으로 촬영을 하고 있었다.

오히려 내가 다리에 힘이 풀리며 주저앉았고,

태어나서 처음으로 앰뷸런스에 실려 갔다.

옆에서 불러도 소리가 잘 들리지 않았고, 정신은 혼미했다.

항상 앞만 보고 열정적으로 달려가고,

매사에 '하면 된다!'라는 긍정적인 마인드로

똘똘 뭉친 내게 삶을 돌아보게 만든 사건이었다.

나에게도 이런 일이 얼마든 일어날 수 있다는 생각,

언제 마지막이 될지 모른다는 생각은 나를 더 겸손하게 했고,

더 깊은 감사를 깨닫고, 인생의 소중한 의미를 가르쳐주었다.

많은 이들이 '속도'에 관심을 가진다.

어떤 이는 인생은 속도보다 방향이라고 한다.

하지만 속도와 방향보다 더 중요한 건 그것을 결정하는 '나'였다.

가야 할 때 가고, 멈춰야 할 때

멈출 수 있어야 하는 게 더 중요했다.

'액셀(속도)'과 '핸들(방향)'보다 중요한 건 '브레이크'다.

느린 속도는 불편할 뿐이고, 방향이 잘못됐다면

수정하면 되지만 브레이크가 고장 나면 죽을 수도 있다.

인생의 전성기를 유지하려면

✕

'나는 부족해. 충분하지 않아'라는 생각으로
계속 시도하기를 주저하고 미루고 있다면
겸손함의 탈을 쓴 안일함이다.

'나는 최고야. 뭐든 할 수 있어'라는 생각으로
앞뒤 생각 안 하고, 남의 충고를 무시하면
자신감의 탈을 쓴 오만함이다.

인생의 전성기에서 오래도록 머무르고,
침체기는 하루 빨리 탈출하기 위해서는
언제나 행동 가짐을 똑바로 해야 한다.
나에게도 언제든 위기는 올 수 있다는 걸
기억하면서 매사에 겸손할 수 있어야 하고,

평소 주변 사람들에게 친절을 베풀어야 한다.

삶은 언제나 사람을 통해 모든 기회를 주기 때문이다.
사람이 곧 기회이고, 만남이 기회의 통로라는 걸 기억한다면
눈앞에 있는 사람들을 함부로 대하는 실수는
범하지 않을 것이고, 온 정성을 다할 것이다.

내가 일한 일의 열매는
다른 사람의 나무에서 열린다는 말이 있다.
그런데 내 나무에 열매가 열린 것은 그저 내가 잘나서가 아니라
열매가 맺히도록 곁에서 도와준 사람들이 있었기 때문이다.

반짝 성공했다가 금방 전성기에서 밀려난 사람들은
하나같이 오만함을 다스리지 못했던 사람들이었다.
하지만 오래도록 전성기에 머무르는 사람들은 모두
자기 삶에 맺혀진 풍성한 열매를 사람들에게 나누고,
섬기고, 감사할 줄 아는 사람들이었다.

인생의 전성기에 오래도록 머무는 법은
최선을 다하고도 자신을 잊어버리는 겸손이고,
당연히 여기지 않고 표현할 줄 아는 감사다.

속도 vs 방향

✕

"인생에서 속도보다 중요한 건 방향이다"는 말이 있다.
그런데 그 말을 합리화의 도구로 써서는 안 된다.

지금(Now) 이 순간을 잘 사는 방법은
가장 옳은(Right) 것에 집중하는 것이다.
내가 옳다고 믿는 일을 뒤로 미루지 않고,
바로 지금(Right Now) 하는 것이다.
인생에서 방향이 중요한 첫 번째 이유는
가장 옳은 것이 무엇인지를 알아야 그것을
미루지 않고 바로 지금 할 수 있기 때문이다.

방향에 대한 확신이 설 때, 사람은 온전히 현재를 살 수 있다.
그리고 눈앞에 주어진 일에 온전히 집중할 수 있다.

온전한 집중은 빠른 속도로 이어진다.

인생에서 방향이 중요한 이유는
더 빠른 속도를 내기 위해서다.

인생에서 방향이 중요한 두 번째 이유는
방향이 분명할 때 비로소 속도를 높이는 법을
고민할 수 있기 때문이다.
운전을 하면서 목적지로 가는데,
목적지도 모른 채 속도를 높일 수는 없다.
도리어 멀어질 수도 있다.

하지만 목적지를 분명히 안다면 어떨까?
나보다 먼저 그곳에 가본 사람에게 물어보면
아주 간단해진다. 그래서 짧은 기간 안에
큰 성공을 거둔 사람들은 하나같이 본인이
가고 싶은 방향에서 나보다 앞서간 사람에게
조언을 구하며 시행착오를 줄였던 것이다.
인생에서 방향이 중요한 이유는
더 빨리 원하는 곳에 도착하기 위해서다.
방향이 분명해야 속도를 낼 수 있기 때문이다.

너라는 선물

집중의 힘

×

이미 가진 것에 집중하면 행복해진다.
내게 없는 것에 집중하면 불행해진다.

가진 것에 집중하면 감사한 마음이,
없는 것에 집중하면 두려운 마음이,

내가 통제할 수 있는 것에 집중하면
해낼 수 있는 게 너무도 많이 있고,

내가 통제할 수 없는 것에 집중하면
무엇 하나 해내지 못한다는 생각에
점점 무기력해질 뿐이다.

나는 지금 어디에 집중하고 있는가?

지금 어느 곳을 바라보느냐가
나의 현재 감정을 만들어내고,
내일의 내 모습을 결정한다.

결국, 집중이 삶을 바꾼다.
삶을 바꾸는 힘은 '집중'이다.

너라는 선물

꼭 큰 꿈을 가져야 할까?

✕

반드시 큰 꿈을 가져야 하는 건 아니지만,
훗날 오늘의 내 선택과 오늘을 살아낸 내 태도를
돌이켜봤을 때 내가 나 자신에게 부끄럽지 않고,
후회를 남기지 않도록 최선을 다하는 건 중요한
자세인 거 같다. 그래서 큰 꿈을 가지라는 말보단,
'정성스럽게 살자'는 말이 좋다. 내 인생이니까.

'큰 꿈을 가지라'는 말과
'최고가 돼라'는 말은 같은 말이 아니다.
그런데 요즘 많은 청춘들이
최고가 될 필요는 없다는 말과
꿈이 없어도 된다는 말을
같은 표현으로 쓰는 건 안타깝다.

꿈이 없다는 건 바라는 게 없다는 거다.

내가 나에게 무엇도 기대하지 않는다는 거다.

매일 아침 일어날 이유가 사라진다는 의미다.

기대하는 게 없는 사람은 열심히 할 이유가 없다.

한마디로 꿈이 없다는 건 '송장'에게 쓰는 말이다.

'최고'라는 단어에서는 순위가 매겨진다는 점에서

이미 남과의 비교가 들어가버린다.

인생에서 꼭 남보다 더 뛰어나고,

대단한 무언가를 성취해내고,

최고가 될 필요는 없다. 그건 사람마다

다른 가치관의 영역(선택)이기 때문이다.

하지만 꿈이 있고 없고는 한 인간으로서

살아야 할 이유인 생존의 영역(필수)이다.

큰 꿈을 가진다는 건 나 스스로가 어디까지 해낼 수

있을지 자신에게 관심을 가져야만

가질 수 있는 거다. 나를 사랑하는 만큼,

나를 믿어줄 수 있고 기대할 수 있다.

꿈을 가진 사람이 자신을 사랑하는 사람이다.

사람은 자기가 믿어주는 만큼 성장할 수 있다.

너라는 선물

슬럼프가 오는 이유

X

1. 방향을 잃었거나 내가 이걸 해야 하는 '이유'를 모르거나
잃어버렸거나 흐릿해졌을 때

2. 방법을 모르거나 열심히 해야 하는 건 알겠는데
제대로 하고 있는 건지 '방법'을 모를 때

3. 마음이 급하거나 노력한 만큼 생각보다 결과가
너무 안 나와서 마음이 점점 '조급'해질 때

4. 심신이 지쳤거나 다 알고 열심히도 하는데 그동안
너무 앞만 보고 달려서 '심신'이 지쳤을 때

1번 처방

"앞으로 무슨 일을 하든지 내가 이 일을 하는 이유,

나를 움직이는 이유, 내가 살아가는 이유와

일을 연결시켜야 계속할 수 있다.

그러기 위해서는 가장 먼저 나 자신에 대한 이해가 필요하다.

가장 기본적으로 내가 언제 행복하고, 내가 언제

가장 시간 가는 줄 모르고 몰입했었는지를 떠올려보자.

물론 당장에 내가 하는 일이 내가 원하는 일이 아닐 수도 있다.

하지만 내가 진정으로 바라는 게 있다면

사람은 훗날의 더 큰 보상을 위해 현재의

단기적인 고통을 기꺼이 감수하더라.

내가 바라는 게 무엇인지를 하나씩 꼭 적어보자."

2번 처방

"내가 통제할 수 없는 영역을 걱정하면 우울해진다.

그럼 나는 평생을 우울하게 살아야 한다.

왜냐면 인생에서는 사실 내 생각과 내 마음,

내 계획대로 되는 일보다 안 되는 일이 훨씬 많기 때문이다.

결과를 두고 과정을 평가하지 말자.

결과를 고민하지 말고, 노력을 고민하자.

노력의 방법은 내가 통제할 수 있고 변화시킬 수 있다.

너라는 선물

이미 그 일을 잘하고 있는 사람들에게 물어보거나

배우거나 책을 보는 게 제일 빠르고 현명하다."

3번 처방

"내가 열심히 했다는 감정적인 '느낌'이

중요한 게 아니라 내가 한 노력이 실제로

'결과와 연결되는 노력'이었는지가 중요한 거다.

간절하게 열심히 땅을 파도,

학교 운동장에서는 석유가 안 나온다.

여기선 무의미한 삽질을 줄여야 한다.

여기서는 방법을 바꿔야지, 억지 긍정의 힘은 안 통한다.

내가 무엇을 했어야 했는데 안 했는지,

무엇을 더 했어야 했는데 덜 했는지,

앞으로 무엇을 새롭게 시도할지, 앞으로 무엇을 포기할지,

이 네 가지를 하나씩 적어보자.

내 삶에 일어난 문제는 나만 해결할 수 있다."

4번 처방

"아무 생각하지 말고 그냥 쉬어라.

전력질주하고 숨을 헐떡이는 사람에게는

옆에서 무슨 말을 해도 귀에 안 들어온다.

아무리 좋은 말도 내가 들을 수 있는 상태가 돼야 들린다.

하지만 충분히 쉬고 나면 사람은 누가 시키지 않아도

누구나 다음 일을 생각하기 마련이다.

건설적인 생각을 하고, 열정적으로 행동하려면

일단은 몸이 따라줘야 한다.

내가 정말로 열심히 살다가 지친 거라면 쉴 자격이 충분하다.

그러니 죄책감 갖지 말고 쉬어라."

너라는 선물

다음부터 vs 지금부터

✕

여름에 땀을 흠뻑 흘리고 땀에 젖은 흰 옷을
바로 드라이클리닝을 맡기지 못한 적이 있다.

바빠서 며칠 미루다가 세탁소에 맡겼더니,
세탁소 사장님이 한숨을 쉬며 말했다.
"좀 더 빨리 가져오지 그랬어요. 이미 땀 때문에 누렇게
변색돼서 더는 원래 상태로 돌아가지 못해요.
하는 데까진 해보겠지만, 아마 어려울 거예요."

그 말을 들었을 때 너무 속상했다.
큰 맘 먹고 샀던 좋은 옷이었고, 몇 번 입지도 못했는데...
세탁소에서 나와 집으로 가면서 다짐했다.
'다음부터 제때제때 맡겨야지.'

또 이런 적이 있었다.

한동안 일만 하느라 살도 찌고 건강이 안 좋아져서

병원에 갔더니, 운동과 식단 관리를 하라고 했다.

바빠서 대충 인스턴트를 먹거나 야식에, 폭식에

운동을 완전히 놓았다가 다시 살이 쪄서 오랜만에

센터에 갔더니, 트레이너가 한숨을 쉬며 말했다.

"이미 요요를 많이 겪은 몸이라서 더는 이전에 했던 방식으로는

그때만큼의 효과가 없을 거예요. 이번에는 꼭 유지하세요.

또 놓으면 훨씬 더 힘들어질 거예요."

그 말을 들었을 때 너무 속상했다.

그날 병원에서 받은 진료 영수증과

거울에 비춰진 내 모습을 보니...

오랜만에 숨을 헐떡이며 운동하다 다짐했다.

'다음부터 나 죽어도 살 안 찔 거야.'

그렇게 같은 후회를 반복하며 산다.

그리고 몇 번이고 같은 다짐을 한다.

너라는 선물

'다음부터'란 후회가 섞인 말을
최대한 적게 하면서 사는 사람이
지혜로운 사람인 것 같다.

어리석은 사람은 '다음부터'라고 말하고,
지혜로운 사람은 '지금부터'라고 한다.

당장은 중요해 보이지 않는 일을 미루면
결정적인 순간을 망칠 수도 있다.

바로 지금 해야 할 일을 미루면 어느 날
소중한 무언가를 잃을 수도 있다.

당장은 중요해 보이지 않는 그 일이
지금은 작은 눈덩이처럼 보이지만,
그 일을 미루면 언젠가 점점 커져
눈사태가 되어 돌아올 수도 있다.

소중한 것을 지키기 위해
후회를 남기지 않기 위해
'지금부터' 하자.

Part 4

진심과 정성이 합쳐질 때

그 사람의 본심

———————

사람의 본심을 알기 위해서는
그가 내 앞에서 하는 '말'보다는
뒤에서 하는 '행동'을 봐야 한다.

말은 아름다운데 삶이 개판이면 : 손절
말은 무뚝뚝한데 삶이 반전이면 : 매력
말과 삶이 다 아름답고 일치하면 : 존경

예전에 말과 삶이 일치하지 않는
사람을 보고 큰 실망을 한 적이 있다.
강단이나 무대 위에 서서 사람들 앞에서는
아름다운 말과 단어를 쓰며 존경을 받으면서
정작 무대 뒤에서, 강단 밑으로 내려와서는 교만하고,

——————— ————————————

너라는 선물

오만하며 부정직한 모습을 보고 큰 실망을 했었다.

자기보다 어리거나 아래라 생각하는 사람에게는 막 대하고,

자기보다 잘나간다 싶은 사람에게는 여기저기

줄을 참 잘 서는 그 모습을 보며

그에게 배운 가장 큰 교훈이 이거다.

1. 말과 삶이 일치할 자신이 없다면

차라리 말을 하지 않는 게 낫다.

차라리 침묵하는 게 더 낫다. 말을 아끼는 게 더 지혜롭다.

2. 말과 삶이 일치하지 않으면

나를 신뢰해준 사람들에게 훨씬 큰 상처를 준다.

원래부터 나쁜 사람에게는 기대 자체를 안 한다.

그런데 좋은 사람이라 믿었던 사람에게

실망하면 후폭풍은 더 크다.

3. 말을 아끼고 딱 필요한 말만 하든지,

자기가 말하는 대로 살든지 둘 중 하나를 해야 한다.

그렇게 늘 나 자신에게 말하고, 꾸짖고, 반성한다.

내가 그에게 실망했듯,

나 또한 누군가를 실망시켜왔고

또 상처를 줄 수도 있을 테니까.

그리고 다짐했다.

그렇게 살지 말자고 말이다.

사람이기에 누구나 실수할 수 있다.

그런데 그 실수를 겸허히 인정하고 사과할 줄 아는 사람은

실수를 계기로 이전보다 더 잘될 것이고,

실수를 덮으려고만 하고 오히려 자기가 성을 내는 사람이라면

그 사람은 딱 거기까지인 거다.

사람이 부족할 순 있어도

비겁한 사람이 되진 말자.

'착하다'는 말의 뜻

————

'착하다'는 말의 의미를 제대로 알자.

착하게 산다는 건 바보처럼 이용당하고,

자기 할 말도 못하는 호구가 되는 게 아니다.

세상 물정 모르고 어리석고 순진한 게 아니다.

누군가 넘어진 것을 봤을 때 도와주고 싶은 마음이 생기고,

손을 내밀어서 그를 일으켜 세워줄 수 있는 정도의

마음의 여유와 행동을 실천한다면 그게 착한 거다.

잃고 나서야 후회하는 세 가지

1. 평범한 '일상'에 대한 소중함
2. 갈수록 느끼는 '건강'에 대한 소중함
3. 내 곁에 있는 '부모님'에 대한 소중함

곁에 있을 때는 너무 익숙해서 모르지만,
막상 잃고 나면 삶의 큰 구멍이 나서
어떤 것으로도 메울 수 없는 것들이다.

당연한 건 하나도 없는데
항상 감사하면서 살아야지.

너라는 선물

해봤자 아무 도움도 안 되는 세 가지

———————

첫째, 조급함과 불안함
둘째, 부정적인 생각들
셋째, 게으름과 나태함

조급함은 필연적으로 불안함을 낳는다.
불안함은 결국 안 좋은 결과를 가져온다.
안 좋은 결과는 나에게 실망을 안겨준다.

나에게 실망한 기억과 경험은 내 안에
깊숙하게 상처와 두려움으로 자리 잡는다.
그 두려움은 내가 앞으로 나아가지 못하게 만들며
나를 계속 주저앉게 만든다.
그럼 해야 하는 걸 알면서도 좀처럼 행동하기가 힘들어지고,

진심과 정성이 합쳐질 때

221

해야 할 일을 해내지 못하면 또 죄책감을 갖게 된다.

그게 쌓이면 사람이 점점 더 무기력해진다.

'해봤자 안 돼.' '어차피 안 돼.' '한다고 될까?'

라는 잘못된 신념이 자리 잡는다.

잘못된 신념은 곧 행동과 습관으로 나타난다.

어차피 안 될 거라고 내가 굳게 믿고 있기에

믿는 대로 현실이 된다.

하는 것마다 안 되니 행동은 계속 둔해지고 나태해지고

게을러진다.

만약 이러한 악순환을 반복하고 있다면

지금 당장 당신은 그걸 멈출 수 있다.

어디서부터 잘못됐을까?

내가 어쩌다 이렇게 됐을까?

모든 악순환의 시작은

모든 걸 너무 잘해내야만 한다고 믿고,

내가 원하는 타이밍에 이뤄지길 바랐던

'조급함'이었다. 그러니 서두르지 말자.

제대로 하는 게 가장 빠른 길이다.

너라는 선물

책임질 줄 아는 게 어른이다

────────

젊어서는 이해할 수 있고, 젊기 때문에 용서가 되던 것들이
나이가 들면 외롭고 비참해지는 이유가 되는 것들이 있다.

요즘 SNS에는 젊은이들을 향해 마냥 즐기고 마음대로 살아라,
열심히 안 살아도 괜찮다는 글이 너무 많다.
잠깐은 위로받고 좋겠지만... 자기 인생 아니니까
그렇게 쉽게 얘기할 수 있는 거다.
나를 진짜로 사랑하고 걱정하는 사람은 절대로 그렇게
함부로 무책임한 말을 하지 않는다.

남에게 무소유를 추구하라며 아름다운 말을 했던 사람들은
자기는 풀소유를 하고 있는 게 만천하에 드러나 실망을 줬고,
젊은이들에게는 '열심히 안 살아도 괜찮다'고 하는 사람들이

그들이 듣기 좋은 말을 해주고

뒤에서는 엄청난 이익을 챙기고 있었다.

서글프지만 현실이 그렇다.

어리석으면 이용당한다. 똑똑해야 한다.

자신을 지켜야 한다. 나는 내가 지켜야 한다.

내 인생을 지켜야 한다.

공부는 영어 수학 국어가 아니라

내가 나를 지키는 힘을 기르는 것이다.

스스로를 책임질 줄 아는 게 꼭 필요하다.

마음대로 사는 게 어른이 아니라

자기 선택에 책임을 지는 게 어른이다.

그래서 나는 지금도 계속 배운다.

10대, 20대에는 젊기에 용서가 되던 무능.

그 시절의 무능은 무능이 아니라 '가능성'이라 불리었지만,

나이가 들고 만약 가정을 책임져야 하는 입장에 있음에도

무능이 계속 된다면 우리가 사는 현실이

그걸 용납해주지 않더라.

무엇보다 자기 자신이 너무 힘들어지고,

그 인생이 너무 비참하다는 걸 보게 된다.

행복의 정의가 나이에 따라 바뀌는 것 같다.

젊을 때는 '원하는 걸 쟁취하는 것'이 행복이라 믿었다면,

나이가 들면 '지키고 싶은 걸 지키는 것'이 행복이라 믿게 된다.

나중에 남에게 아쉬운 소리 하지 않기 위해,

나중에 비참해지지 않기 위해, 내가 사랑하는 사람들을

지키기 위해서라도 오늘 나는 열심히 산다.

스트레스는 확실히 줄일 수 있다

————

1. 문제 자체를 없애기.

2. 기대치를 완전히 낮추기.

3. 불편한 상황 피하거나 정면 돌파하기.

정말 당연한 말 같지만, 원래 진리는 단순하고

인생이란 게 복잡한 것 같지만 의외로

그 해답은 단순하고 가까이에 있을 수 있다.

그리고 바로 해결할 수 있는 것들도 참 많이 있다.

방이 어지럽혀져있어서 매일 부모님이

잔소리를 하는 게 스트레스라면, 부모님과 다툴 일이 아니라

그냥 청소를 하면 된다. 그런데 내가 안 하니까

계속 안 좋은 말을 듣는 것이다. 아는 데 안 하니까 생긴 문제다.

내가 말하지 않아도 상대방이 나의 마음을
알아주길 바라면 나도 답답해지고, 상대방도 답답해진다.
기대가 크면 실망도 큰 법이다. 기대를 버리면
생각지도 못한 감동이 찾아올 때도 있다.
이 또한 알면서도 안 하니까 생긴 문제다.

대화를 하다 보면 내가 듣기에 불편한 말을 하는 사람들이 있다.
나를 볼 때마다 '살' 가지고 농담을 하는 분이 계셨다.
나름대로 열심히 다이어트를 하고 있는 중인데
그런 말을 들으니 얼마나 속상했는지 모른다.
괜히 그분이 미워졌다. 하지만 그분과 계속
마주쳐야 할 상황이 생겼다. 한번은 식사를 하고
나는 배가 많이 부른데 그분은 눈웃음을 치며
내게 "에이, 더 먹을 수 있잖아. 그거 가지고 되겠어?"라며
장난을 치셨다. 나는 그때 오래전 개그콘서트의 〈네 가지〉라는
코너에서 뚱뚱한 남자로 웃음을 자아낸 개그맨 김준현 씨가
했던 말을 따라 하며 대응했다.
주변에 있던 분들도 모두 웃었고, 그분도 웃었다.
하지만 그 말 안에는 '다시는 그런 장난치지 마라'는
말이 숨겨져있었다.
그 후로 그분은 다시는 그런 농담을 하지 않았다.

관계를 깨뜨리지 않으면서도 할 말은 하는
적당한 재치가 빛을 발했다. 물론 지금은 살을 많이 빼서
그런 말을 들을 이유 자체를 없애버렸다.
무슨 일이든 나에게 유리하게, 유익하게 활용하면 좋겠다.

스트레스 받을 상황 자체를 안 만들든지,
스트레스 받는 문제가 더 이상 문제가 아니게
내가 더 강해지든지, 피할 수 있다면 피하고,
피할 수 없다면 생각을 비우든지, 어차피 할 거라면
즐겁게 하든지. 스트레스는 얼마든 내가 줄일 수 있다.

너라는 선물

죄책감 없는 휴식

―――――

현대인들은 쉬면서도 불안해하고, 일을 하면서도 불안해한다.
해야 할 일을 제대로 해냈다는 성취감과 만족감이
부족하기 때문에 나타난 현상이고, 쉴 때는 무슨 생각을
하며 쉬어야 할지를 배우지 못했기 때문에 나타난 현상이다.

사람은
몸이 너무 편하면 쓸데없는 생각을 너무 많이 하고,
몸이 너무 힘들면 건설적인 생각을 할 겨를이 없다.
그래서 힘듦과 편함 사이의 '휴식'이 굉장히 중요하다.

'일 잘하는 법'에 대한 조언을 담은 책은 아주 많지만,
'잘 쉬는 법'에 대한 것은 너무 막연하거나
본질을 건드리지 않고,

'그냥 쉬어라, 떠나라, 누려라, 놀아라'는
감언이설의 메시지가 많다.

휴식을 가질 때 해야 할 일은 두 가지다.

첫째, 원기를 회복할 때까지 온전히 쉬는 것.

사람이 전력질주를 하고 나면 숨이 찬다.
그때는 옆에서 어떤 말을 해줘도 귀에 들어오지 않는다.
왜냐면 그가 들을 준비가 안 됐고,
그럴 상태가 아니기 때문이다.
그때는 일단 아무것도 안 하고 쉬어야 한다.
'들을 준비', '받아들일 준비', '생각할 준비'가
생길 때까지 여유를 가져야 한다.

둘째, 휴식 전의 나를 돌아보며 반성하는 것.

어느 정도 원기를 회복하면, 사람은 누가 시키지 않아도
'다음'을 생각하기 마련이다. 그 시간을 무의미하게 그냥
흘려보내면 잠시 몸만 편해질 뿐 결국 똑같은 문제가 반복된다.
앞으로도 계속 죄책감 없는 휴식을 가지려면,

먼저 몸을 충분히 쉬어준 후 반드시 '건설적인 생각'을
하는 시간을 가져야 한다. 건설적인 생각이란
거창한 무언가가 아니라 자신에 대한 '반성'과
그 반성을 통해 앞으로 같은 실수를 반복하지 않겠다는
'결단'의 시간을 갖는 거다. 그것이 결과적으로
내 인생에서 죄책감을 점점 줄여나가고,
성취감은 점점 늘여가는 선순환을 일으킨다.

연료를 넣기 위해 자동차가 있는 게 아니라
자동차를 운전해 원하는 곳으로 계속
가기 위해 연료가 필요한 거다.
쉬기 위해서 쉬는 게 아니라 내가 원하는 곳에
더 집중하고 계속하기 위해 쉼이 필요하다.
비움은 비움 자체가 목적이 아니라 채움을 위한 과정이다.
소중한 것으로 채우기 위해서는
버려야 할 것들은 버릴 줄 알아야 한다.

내 정체성이 혼란스러울 때

인생을 살다보면 '절묘한 타이밍, 기가 막힌 타이밍'이라
느껴지는 순간이 있다. 사람도 그렇다.
항상 신기한 타이밍에 다가오는 사람이 있다.
때마침 위로가 필요할 때 위로가 돼주고,
생각이 혼란스러울 때마다 평온해지고 마음을
잔잔하게 만들어주는 고마운 친구 같은 사람 말이다.

나도 나에 대해 잘 모르겠다는 생각,
내가 뭘 잘할 수 있을지, 앞으로 뭘 해야 할지,
괜히 나의 과거를 돌아보며 허무하다는 생각,
내가 진짜로 해야 할 일이 무엇일지 생각을 하며
내 정체성이 혼란스러웠던 적이 있었다.
그때 그 사람은 마치 나보다도 나에 대해

너라는 선물

더 잘 아는 듯 내게 말했다.

"당신은 든든한 큰 나무 같은 사람이에요.
희망을, 그리고 꿈을 꾸게 해주는, 의지할 수 있게 해주는
그런 든든한 큰 나무. 이미 충분히 잘 살고 있으니까.
살다가 뒤를 돌아보기도 하고, 미래를 그려보기도 하지만,
지금까지 최선을 다해 살았으니까,
당신의 앞날은 꽃길일 거라고 믿고,
자신을 믿고 열심히 다시 살아가요.
자신이 원하는 삶을 살아요. 남을 도와주고,
사람들에게 베풀어주는 크고 웅장한 나무가 되어주세요.
베푼 건 언젠가 반드시 돌아오게 돼있어요.
많은 사람들이 얼마나 당신의 글을 보면서
힘내고 의지하고 공감하는데 본인이 그러면 되겠어요?^^
힘들면 힘들다고 말해요. 힘듦은 나눠야 해요.
힘들 때 언제든 얘기해요."

그 사람의 말이 내 영혼을 울렸고, 촛불처럼 따뜻하게 다가왔다.

사람은 누구나 현실에 치이다 보면
잠시 마음이 조급해져서 진정으로

바라봐야 할 것을 놓칠 때가 있다.

그러다 보면 혼란스럽기 마련이다.

내가 무엇을 위해 살고, 무엇을 잘하고,

어떤 사람인지 잘 모르겠다면

나를 좋아해주는 사람들에게 물어보는 것도 현명한 방법이다.

"네가 생각하기에 나는 뭘 잘하는 것 같아?

나는 어떤 사람 같아?"

내가 그동안 어떤 삶을 살아왔는지,

어떤 사람이었는지 알게 될 것이다.

사람들이 남에게 관심이 없는 것 같지만, 사실 다 보고 있다.

당신은 지금 이 순간에서도 누군가에게 읽히는 '편지'와 같다.

너라는 선물

상황이 어려울 때

_____

첫째, 허둥거리지 말아야 한다.

둘째, 눈을 크게 뜨고 상황을 봐야 한다.

셋째, 감정보다는 사실에 집중해야 한다.

넷째, 진짜 문제가 무엇인지 질문해야 한다.

상황이 어렵고 힘들면 사람은 자연히 시야가 좁아진다.

시야가 좁아지면 자연히 불안감은 커지고,

불안감은 마음의 근육을 상하게 만든다.

내가 마음에서부터 약해지면 상황에 계속 휘둘리게 된다.

그래서 사람의 마음에도 면역력이 필요하다.

외부로부터 들어온 세균을 잡아먹는 백혈구가 건강을 지켜주듯,

사람의 마음에도 꼭 '마음의 백혈구'가 필요하다.

좋은 약을 많이 먹는 것보다도 건강하면 약이 필요가 없어지듯,

너라는 선물

내 마음을 지키는 건강한 생각이 꼭 필요하다.

그러기 위해선 절대 호들갑 떨거나

허둥거리지 말아야 한다.

일단 쉼 호흡을 크게 내쉬고, 잠시 눈을 감고

마음을 평온하게 한 후, 눈을 크게 뜨고 상황을 바라봐야 한다.

상황을 객관적으로 바라보고, 이왕이면 종이 위에

어떤 일이 벌어지고 있는지

상황을 적어보는 것도 좋은 방법이다.

남의 위로를 받으며 의존하기보다는

나 스스로 질문을 던지고 답을 찾는 시간을 가져야 한다.

첫 번째 질문은 '지금 무슨 일이 일어나고 있는가?'라는

질문에 답해보는 것이다.

종이 위에 있는 그대로의 '사실'만 써보면

격한 감정은 사라진다. 종이 위에 적어보는 순간,

실체가 없던 막연한 감정에서 실체가 있는

분명한 사실만 보게 된다. 그리고 막상 적어보면

생각보다 문제가 내 생각만큼 그리 크지 않거나

문제가 아닌 경우가 많다.

그래서 어떤 사람들은 이를 '치유의 글쓰기'라고도 부른다.

두 번째 질문은 '내가 바라는 게 무엇인가?'라는 질문에
답해보는 것이다.
'문제'라는 건 내가 바라는 것과 지금 일어나고 있는
일 사이에 차이가 발생한 것이다. 만약 내가 내 인생에서
일어난 내 문제를 스스로 '문제가 무엇인지' 그리고
'앞으로 바라는 게 무엇인지'조차 제대로 말할 수 없다면,
그건 아직 아무 일도 일어나지 않았다는 것이다.
그건 그저 불평을 늘어놓는 것에 지나지 않는다.
내가 진정 바라는 일과 지금 일어나고 있는 일 사이에
간격이 좁아질수록 내가 원하는 삶에 가까워졌다는 의미다.

너라는 선물

당신이 불안한 이유

———————

1. 반드시 잘해야 된다는 '강박감'

2. 해야 하는 걸 알면서도 아무것도
안 했을 때 찾아오는 '죄책감'

3. 내가 원하는 타이밍에 일이 빨리
이루어지지 않아 느끼는 '조급함'

4. 하고 싶은 게 너무 많아 이것 집적
저것 집적거리다 결국 관두는 '산만함'

5. 하고 싶거나 해야 할 일을 아직
찾지 못해서 의욕이 없는 '무기력'

두려움을 용기로 바꾸는 생각

저는 예전에 '용기 있는 사람'은 두려움을
전혀 느끼지 못하는 사람인 줄 알았다.
그래서 늘 삶이 던져준 문제 앞에서 스스로가
무력해 보이고 두려웠지만, 할 수 있는 일을
찾아 하는 수밖에 없었다.
그런데 어느 순간부터 사람들이 내게 이런 말을 하더라.

"작가님은 어떻게 그런 어려운 상황에서
그렇게 용기를 발휘할 수 있었나요? 원래 용감하신 분이죠?"
하고 말이다.

나는 그저 내가 할 수 있는 일을 찾아서
되든 안 되든 시도했을 뿐이고, 자신의 성장에 집중하며

한 발 한 발 걸어갔을 뿐인데 그게 결과적으로
원하는 곳을 향해 나아가는 길이었더라.
그리고 사람들은 두려움에 떨었던 내게
'용기 있는 사람'이라고 했다.

그때 깨달았다.
'용기'는 두려움을 느끼지 못하는 게 아니라
두려워도 계속 하는 게 용기라는 걸 말이다.

누구나 인생은 아마추어라고 한다. 겪어본 적이 없으니까.
사람들은 저마다 두려움이 있고, 그것을 안고 살아간다.
하지만 인간의 뇌는 그가 두렵고 떨릴 때와 설레서
떨릴 때가 똑같이 반응한다고 하더라.
두려울 때면 오히려 '와! 설렌다!', '오늘 기분 짱인데!',
'와! 나 완전 대박 나겠는걸!' 하고 외쳐보자.
놀랍게도 그 순간 두려움이 설렘으로 바뀐다.
용기의 '스위치'를 누르면 된다.

두려움이 찾아올 때, 여러분은 그것을 얼마든
설렘으로 바꿀 수 있는 사람이다.
그리고 용기를 발휘할 '기회'가 찾아온 것일 뿐이다.

두려움을 피하기 위해 애쓰지 말고, 그저
용기를 발휘할 기회가 왔다고 여겼으면 좋겠다.

지금 이 글을 보고 있다는 건 당신이 지금 살아있다는 뜻이고,
당신이 지금까지 살아있다는 건
두려워도 계속 살아냈다는 뜻이다.
지금까지 포기하지 않았다면,
당신은 충분히 용기 있는 사람이다.

반복된 일상이 꼭 무의미할까

———————

해는 스스로 빛을 내는 '발광체'지만,
달은 스스로 빛을 내지 못하고
햇빛이 자신을 비출 때에 보이는 '반사체'다.
모습도 볼품없고 매일 지구 주변을 도는 것 말고는
할 줄 아는 게 없어 보이는 것 같다.

하지만 달이 있기에 밀물과 썰물이 존재하고,
만약 달이 사라진다면 사계절이 사라지고
뜨거운 곳은 불타 죽고,
추운 곳은 얼어 죽는다고 한다.
달이 늘 오차 없이 같은 공전 궤도를 돌기에
수많은 생명체가 살 수 있다는 것이다.

너라는 선물

내가 지금 하고 있는 일이 날마다 똑같은 행동을 반복하고
무엇을 위해 이러고 있는지 도통 이해가 되지 않을 때가 있다.
하지만 그 지긋지긋하게 반복하는 일상이 오히려
나를 살리고, 내가 사랑하는 사람들을 살리는 일일 수 있다.

똑같은 일을 하더라도 내가 어떤 의미를
부여하고 해석하느냐에 따라 평범한 일도
얼마든지 비범한 일이 되는 것이다.

버티는 것

요즘 마음이 힘들고 흔들리는 사람이 많을 거다.

그건 약해서가 아니다. 바람이 강하면

제아무리 큰 나무라도 자연히 흔들린다.

사람은 누구나 흔들릴 수 있다. 당연한 거다.

뿌리째 뽑히지만 않으면 된다.

그럼 결국에는 열매를 맺을 테니까.

내가 그 자리를 지키고, 버틴다는 것 그 자체가 의미가 있다.

나무가 풍성히 열매를 맺을 수 있는 이유는

그것이 흔들리지 않아서가 아니라 자기가 있어야

할 곳을 알고, 자기 자리를 계속 지키고 버텼기 때문이다.

너라는 선물

당신이 무기력한 이유

─────────

첫째, 너무 잘하려고 하다 보니 정작 시작조차
못해서 오는 완벽주의와 결과에 대한 부담감에서 오는 무기력.

둘째, 과거에 겪은 실패에 대한 기억 때문에
같은 실수를 반복하지 않을까 하는 두려움에서 오는 무기력.

셋째, 어차피 해봤자 안 될 거란 부정적인 생각에 사로잡혀
시도조차 포기해서 오는 무기력.

넷째, 이미 앞서 너무 많은 힘을 소진해서
결국 탈진된 나머지 스스로 떨치고 일어나지 못하는 무기력.

다섯째, 무기력하다고 쉬려다가 계속 가만히 있다가
아예 자리를 깔고 주저 앉아버리는 무기력.

무기력을 극복하는 생각

———————

무기력은 말 그대로 '기력이 없다'는 거다.
그런데 '진짜로' 도저히 낼 힘이 없어서 못 내는 걸까?
아니면, 힘을 내야 할 이유를 스스로가
발견하지 못해서 안 내는 걸까?
여러 가지 이유가 있겠지만, 사람들 모두가 동일하게 말했다.

"머리로는 알겠는데, 행동으로 옮기지 않는
저 자신이 너무 한심해요."

이유가 어찌 됐든, 결국 스스로가 무기력하길 선택했다.
안타깝지만 외면할 수 없는 진실이다.
사람들은 치열한 현실에 치여서 지칠 대로 지쳤지만,
가슴속 깊은 곳에는 뜨거운 불이 있었다.

——————— ————————————————

너라는 선물

각자가 바라는 모습/규모/방식은 다를지라도
각자의 삶의 기준에서 '잘 살아보고 싶은 꿈'이 있었다.
누구나 마음속에 그 불씨가 있었다.

당신이 앞으로도 계속 무기력하게 살지,
가슴 뛰게 살지는 당신 스스로가 결정할 수 있다.

무기력을 선택할지, 열정을 선택할지는 당신이 결정할 수 있다.
스스로가 내 인생의 중요한 가치를 선택할 수 있는 것.
그게 진짜 인생의 주인으로 사는 거다.

미국의 유명한 화가이자 '밥 아저씨'로
잘 알려진 '밥 로스'는 말했다.

"We don't make mistake. We have happy accidents."
우리는 실수를 하지 않습니다. 단지, 행복한 사고가 일어났을 뿐이죠.

내 삶에 어떤 문제와 사건이 일어나도
그저 행복한 사고가 일어났을 뿐이다.

당신이 지금 무기력하다는 것은...

스스로를 자책하며 더 우울해질 이유가 아니라

다시 한번 힘을 내서 스스로 열정을 만드는 법을

배우고, 행복해질 수 있는 '기회'가 주어졌을 뿐이다.

최고의 복수

――――――

2014년 당시 어머니가 운영하던 가게에서
알바를 할 때 있었던 일이다.
군대를 전역하고 어렵게 도전한 시험에
두 번이나 떨어져 낙심하고,
삶의 의욕도 떨어지고, 매일 앉아있으니 살이 많이 쪄서
자존감도 바닥 친 상태였다. 평소처럼 알바하고 있는데
50대쯤 될 만취한 남성 두 분이 비틀거리며 손님으로 왔다.
매장 안으로 들어오자마자 갑자기 한 분이 내게 걸어오더니
검지로 내 가슴을 꾹꾹 찌르며 말했다.

"야, 이 새끼야, 살 좀 빼라.
우리 아들은 키도 크고 얼마나 잘생긴 줄 아냐?
니는 그 꼬라지로 장가나 가겠나?"라고 하며 욕설을 퍼부었다.

――――――   ――――――

너무 화가 났다. 자존심이 너무 상했다.

하지만 가게를 오픈한 지 얼마 되지 않았고,

그분은 우리 가게 바로 건너편에 있는 국밥집 주인이었다.

동네 장사였기 때문에 괜히 안 좋은 소문이 날까봐

어렵게 일하는 어머니를 위해 참을 수밖에 없었다.

인간적인 마음 같아선 다음 날 찾아가서 국밥 속에

이물질을 몰래 넣고 컴플레인을 걸며

따지고 싶은 생각도 들었다. 그만큼 분했다.

하지만 그렇게 해봤자 남는 게

없다는 생각에 한 가지 결심을 했다.

'함부로 무시할 수 없는 사람'이 되겠다고 말이다.

'꼭 보란 듯이 성공해서 저 사장님한테 찾아가야지' 하고 말이다.

그 후로 피나는 자기계발의 시간을 보냈다.

시간이 흘러 2020년 6월 6일, 현충일에 스케줄을 마치고

당시 가게가 있던 골목으로 지나갈 일이 생겼다.

지나던 길에 '번뜩' 하고 그때의 기억이 떠올랐다.

만약 지금도 그 국밥집이 한다면 꼭 한 번

찾아가야겠다고 생각했는데, 마침 국밥집 사장님은

가게 문 밖에서 담배를 피고 있었고, 주차할 곳도 있었다.

너라는 선물

근처 마트에서 음료 세트를 사서 찾아갔다.
국밥 한 그릇을 먹은 후 사장님에게 말을 걸며
베스트셀러가 된 내 책과 선물을 건넸다.
사장님은 나를 기억할 리가 없었기에 의아해 했지만
나는 웃으며 과거에 있었던 일과 사정을 말하며 얘기했다.

"사장님께서 그 시절에 제 자존심을 밟아주신 덕분에
저는 많은 사람들의 마음을 공감하고 위로할 수 있는
사람이 되었습니다. 제가 비꼬려고 하는 말이 아닙니다.
사장님이 안 계셨다면 제가 지금처럼 될 수 없었을 겁니다.
제게 이런 인생의 스토리를 만들어주셔서 진심으로
감사드립니다."

그러자 그분은 부끄러워 머리 위에 숯불을
놓은 것처럼 얼굴이 빨개졌다. 그리고 웃으며 말했다.

"제가 그렇게 했다니 죄송합니다.
그래도 잘됐다고 하니 좋네요."

괴물과 싸워 이기기 위해 나까지 괴물이 될 필요는 없다.
최고의 복수는 '눈에는 눈 이에는 이'가 아니라,

내가 그와는 전혀 다른 사람이란 걸 보여주는 것이고
보란 듯이 삶으로 증명해내는 것이다.

　　'너는 남을 깎아내리기 바쁘지만,

　　나는 나를 깎아내리기 바빠서

　　하루하루 더 멋지게 조각되지.'

　　　_전대진,《내가 얼마나 만만해 보였으면》중에서

스토리가 만들어지는 순간

2015년도에 있었던 일이다. 술에 취한 남녀 손님이
서로 몸싸움을 하고, 가게에서 행패를 부렸다.
이를 말리던 도중 어머니가 여자 손님의 손에 얼굴을 맞았다.
그분을 데리고 밖으로 나갔는데 이번에는 의도적으로
어머니 얼굴을 다시 때렸다. 소위 말하는 '죽빵'을 날렸다.

세상 어느 자식이 내 부모가 눈앞에서 맞고 있는데
가만히 있을 수 있을까. 내가 힘이 없는 것도 아니고,
나라고 성질이 없는 것도 아닌데 말이다.
그 아주머니를 제지하면서 나는 살면서
처음으로 눈이 뒤집힌다는 게 뭔지를 몸소 체험했다.
너무 화가 나서 나쁜 생각이 들려 했지만 그 순간,
내 안 깊숙한 곳에서는 "참아라, 대진아"라고 했다.

어머니께서도 그분이 근처 이웃이고, 이미 술이
많이 취한 사람이라 말이 전혀 안 통하기 때문에
내게 일단 넘어가자고 하셨다.

그렇게 상황을 수습하고 내일 일정을 위해
먼저 집으로 돌아가 자려고 누웠는데 너무 분하고,
화가 나서 잠이 오질 않았다. 왜 우리 어머니가
이런 대우를 받아야 하는지, 크리스천은 항상 이렇게
아무 저항 못 하는 바보가 되어야 하는지
몸을 떨며 눈물만 흘렸다.
그러자 "원수 사랑하라"는 구절이 문득 뇌리를 스쳤다.

그 순간 온몸에 전율이 오면서 그 자리에 무릎 꿇고 기도했다.
그리고 어머니를 때린 그분을 용서해달라고 하고
오히려 그분을 축복했다. 다음 날, 그분은 저희 모자에게
전날의 일과 잘못을 진심으로 사과하고, 용서를 구했다.
그리고 그분을 용서했다. 이로 인해 배웠다.

용서는 복수보다 위대하고,
동정은 분노보다 강하다는 걸.

너라는 선물

이 이야기를 SNS에 게시하자 얼마 후
한 10대 학생이 연락이 왔다. 자신에 대한 안 좋은
소문을 퍼뜨리고 상처를 준 친구에게 먼저 다가가
그를 미워하지 않는다고, 너를 용서한다고 한 것이다.
그랬더니 그 친구가 진심으로 그 학생에게 사과를 했고
관계는 더 가까워지고 회복됐다고 했다. 그 학생은 내게 말했다.

"작가님이 용서하는 걸 보고 저도 그렇게 되고
싶어서 용기 내서 실천했어요.
제가 용기를 낼 수 있도록 도와주셔서 진심으로 감사드려요!"

내가 만약 그때 그분을 용서하지 못했더라면,
이런 소중한 이야기를 나눌 기회가 없었을 거다.
인생의 스토리는 모두가 당연하게 생각하는
기대와 다르게 반응할 때 만들어진다.
'도저히 할 수 없는 상황이지만,
그럼에도 불구하고'가 감동을 준다.
이제는 오히려 그분께 감사하다.

이유 없이 불안하고 힘들다면

———————

사람들이 고민을 이야기할 때,
방향을 잃은 모습이 보이면
곧바로 묻는 질문이 있다.

"그래서 문제가 뭐냐"는 거다.
그럼 줄곧 "힘들다"고 하던 사람들이
자기가 왜 힘든지에 대한 생각을 하기 시작했고,
자기 문제를 최대한 자세히 설명하려고 했다.
문제를 설명할 때, 남에게 자기 생각을 표현하는 게
익숙하지 않아 보이면 웃으며 얘기했다.

"괜찮으니까 편안하게 얘기해요.
그냥 지금 어떤 일이 일어나고 있는지

너라는 선물

있는 그대로 얘기해봐요.
그 문제로 인해 지금 어떤 일이 벌어지고 있나요?"

그럼 그때부터 감정에 취한 넋두리가 아닌,
실제로 일어나고 있는 문제를 보기 시작한다.

삶에 문제가 일어났다는 생각이 들면,
숨기지 않고 과감히 드러내야 한다.

문제를 뜻하는 'Problem'의 어원을 보면
그리스어로 '앞으로 던지다'란 뜻을 품고 있다.
문제는 앞으로 던져야 해결된다는 교훈을 준다.

사람의 감정은 객관적인 판단을 내리지 못하게 할 때가 있다.
감정이 격하고 불안해서 힘들 때,
보이지 않는 감정과 싸우지 말자.
허공에다가 총을 쏘는 것과 같으니 말이다.
그럴 때 가장 좋은 방법은 종이 위에
현재 일어나고 있는 일을 그대로 적어보는 것이다.
종이 위에 있는 그대로의 사실을 적는 순간,
나를 괴롭히던 문제의 실체가 드러난다.

눈에 보이지 않던 문제가
그때부터 눈에 보이는 사실로 드러난다.
사실에는 감정이 없다.

보이지 않는 마음의 문제를 해결할 때는
보이게 만드는 과정이 정말 중요하다.
그 과정에서 이미 절반 이상은 해결된다.

문제 앞에서는 넋을 놓고 있어서도 안 되고,
넋두리를 계속 늘어놓아서는 더더욱 안 된다.
정말로 그 문제를 해결하고 싶다면,
문제 앞에서는 감정을 빼고 있는 그대로의 사실을
객관적으로 볼 줄 알아야 한다.

문제가 뭔지 모르겠다면

힘들다고 하는 사람들에게 뭐 때문에 힘든지 원인을 물어보면
"나도 모르겠다, 그냥 힘들다"는 말을
하는 사람이 아주 많았다.
정말로 모르는 걸까, 모른 척하는 걸까?
이미 알면서도 외면하는 것은 아닐까?

이상하지 않은가?
내 인생에 일어난 문제를 내 인생의 주인인 내가 모른다면
그것은 문제가 있는 게 아닐까?
내 인생을 향한 방관이 아닐까?

진짜 문제는 힘든 게 아니라 힘들 게 만드는 원인에 있다.
그 문제의 중심에 '무관심'이 있다.

사랑의 반대는 무관심이라 했다.

나 자신을 사랑한다는 건 무책임한 방관이 아니라

진심 어린 관심을 주는 거다.

사랑한다는 건 그것을 가장 많이,

그리고 자주 생각한다는 의미다.

생각하는 방향으로 시선이 향한다.

계속 바라보면 필요한 게 눈에 들어온다.

그리고 부족한 게 눈에 들어오기 마련이다.

그럼 그것을 채워주고 싶어진다.

왜 채워주고 싶을까?

'기대' 때문이다.

그 부족함을 채우고 나면 더 나은 모습이 될 미래가

선명히 그려지기 때문이다.

세상에서 나에 대해 가장 잘 아는 사람은 부모일 거다.

내 어머니께서도 자식이 밖에서 제아무리 성공하고

존경을 받아도 부모 눈에는 여전히 자식일 뿐이다.

그래서 지금도 어머니는 세상에서 유일하게

내게 잔소리를 하는 분이다.

그 잔소리 안에는 관심이 없으면 할 수 없는 사랑이 담겨있고,

너라는 선물

내가 지금보다 더 잘되길 바라고
부족함을 채워 더 나아가길 바라는
기대가 밑바탕에 깔려있다.
진심으로 기대하면 채워주고 싶기 마련이다.
관심이 커지면 진심이 되고, 진심을 담은 기대는
마침내 '선명한 소망'을 낳는다.

소망은 가슴속에서부터 간절히 무언가를 바라는 것이다.
소망은 사람을 움직이는 힘이고,
다시 일어나도록 일으키는 힘이고,
앞으로 나아가게 만드는 동력이다.
많은 사람들이 좀처럼 앞으로 나아가지 못하거나
과거에 매여 계속 주저앉아 있거나
지금 현재 수준의 삶에 만족하는 이유는 사실 분명하다.
소망이 없거나 선명하지 않기 때문이다.

소망의 부재가 의욕의 부재로 이어지고,
그것이 나 스스로를 점점 힘들게 한다.

내일을 향한 기대가 사라진다는 건 슬픈 일이다.
매일 아침마다 일어날 이유가 없다는 의미니까.

지금 바로 나의 소망을 체크할 수 있다.

아래 질문에 곧바로 막힘없이 대답할 수 있다면

당신은 소망이 넘치는 사람이고,

그 소망을 달성할 가능성이 높은 사람이다.

'앞으로 어떻게 되길 바라세요?

앞으로 어떤 변화가 일어나길 바라세요?'

많은 사람들은 자기가 바라는 게

무엇인지 곧바로 대답하지 못했고,

놀랍게도 '하고 싶은 일',

'바라는 것(소망)'이 없다는 걸 발견했다.

아니, 분명 있지만 그것에 대해 진지하게 생각할

충분한 시간을 갖지 못했다는 게 더 정확할 것이다.

사람은 자기가 무관심한 곳에 힘을 들이지 않는다.

자신에 대한 무관심의 결과가 무기력을 가져온다.

당신이 정말로 힘든 이유는

인생에 일어난 문제의 '강도' 때문이 아니라

당신이 그 일을 하게 하는 '이유'를 분명히

발견하지 못했기 때문이다.

그럼 '문제'가 정확히 뭘까?

'문제'는 '사실'(지금 일어나고 있는 일)과

'소망'(내가 바라는 일) 사이에 차이가 벌어진 것이다.

그런데 안타까운 점은 많은 사람들이 "힘들다"고 말은 하면서도,

정작 자기 삶에 지금 일어나고 있는 일을 제대로 보지 못하고,

바라는 것도 없다는 거였다.

지혜의 왕 솔로몬도 인생에서 소망의 부재가 가장 큰 문제고,

그 소망의 성취로 인해 사람은 행복할 수 있다고 했다.

> "사람은 바라던 것(소망)이 제대로 이루어지지 않을 때
>
> 상심하게 되지만 소원하던 것이 이루어지면
>
> 기뻐하고 즐거워한다."
>
> _잠언 13:12

꼭 기억하자.

문제(Problem)는 앞으로 던져야 해결된다.

또한 내 삶에 어떤 변화가 일어나길 바라는지를

내가 말할 수 없다면, 아직 문제가 일어난 게 아니다.

그건 그저 불평을 늘어놓는 것에 지나지 않는다.

고민의 순서를 바꿔라

————————

성공한 사람일수록

Why – How – What 순으로 고민하고,

실패한 사람일수록

What – How – Why 순으로 고민한다.

전자는 내가 현재 하는 행동에

분명한 이유(Why)를 알고 하기 때문에

모든 행동에 당위성이 있고, 힘이 있고, 확신이 있다.

앞서 가는 사람들로부터 조언을 구하되 스스로 충분히

고민하고, 결단하고, 그 후 최선의 결정을 내린다.

그리고 그 결정이 완전무결한 결정은 아니란 걸 안다.

하지만 인생에는 정해진 답이 없다는 걸 알고,

너라는 선물

내가 내린 답이 나에게는 최선이라는 것을 믿으며 밀고 나간다.

그 과정에서 상황이 힘들고 어렵다고 쉽게 요동하지 않는다.

견고한 성처럼 심지가 굳다.

접근 방법(How)을 바꿔가면서 유연하게 대처한다.

실수에서 배우며 끊임없이 피드백을 하며 점점 더 단단해진다.

마침내 인생 전체를 걸 만한

의미를 품은 무언가(What)를 찾는다.

오늘의 내 행동이 내일의 내 모습에 연결된다는

확신을 갖고 살기 때문에 그는 행복한 사람이다.

고민의 순서를 바꿔야

행복도, 성공도 거머쥘 수 있다.

부정적인 생각

_____

부정적인 생각은 결코 내가 원하는 것을 주지 않는다.
돈도, 행복도, 타인의 인정도, 어느 것도 말이다.

해봤자 아무런 유익이 없는 걸 하지 말자.
나한테 가장 중요한 일, 소중한 일에 집중하자.
긍정적인 생각을 하면 좋은 일들이 내게로
끌어당겨진다느니 그런 말을 하는 게 아니다.
긍정적인 생각을 한다고 곧바로
눈앞에 있던 문제가 사라진다는 것도 아니다.

하지만 내 눈(관점)은 내가 바꿀 수 있다.
지금 당장 무엇에 집중할지, 어떤 생각을 품고 살지,
어떤 관점으로 문제를 바라볼지는

내가 선택할 수 있다.

인생은 매우 짧다.

부정적인 생각과 고통으로 인생을 채우기에는

한 번뿐인 내 인생이 너무 소중하다.

내가 원하고 바라는 모습에 집중하자.

행복감, 안정감, 평안함, 활력과

열정으로 가득 찬 내 모습을 떠올려보자.

그것을 이루었을 때의 내 모습을 상상해보자.

지금부터 그 감정을 느끼며 살 수 있다.

나는 내 감정을 선택할 수 있다.

내 감정의 지배를 받지 않고, 감정을 지배하는 사람이 되자.

삶에 닥쳐온 시련과 문제는 삶의 어쩔 수 없는 한 부분이지만,

그것으로 인해 고통을 겪을지 말지는

전적으로 나의 선택에 달려있다.

시련과 문제는 삶의 한 부분이지만,

그것으로 인한 고통은 내 선택이다.

당신은 지금 바로 행복할 수 있다!

무관심이 필요한 순간

사람이 안 좋게 보려고 하면
계속 안 좋은 모습만 보이는 법이다.
그런데 좋게 보려고 해도 계속 거슬리고,
마음을 불편하게 만드는 사람이 있다.
그럴 때는 무관심이 답일 수도 있다.

사랑의 반대는 무관심이라 한다.
그런데 독도 잘만 쓰면 약이 된다.
무관심도 적절히 사용하면
인생의 시간을 절약하는 기술이다.

제한된 내 시간과 에너지를
굳이 나와 맞지 않는 사람에게 쓸 필요는 없다.

너라는 선물

그 사람이 아니라도 살면서 내가 신경 쓰고
고민해야 할 일은 충분히 많다.

사람을 대할 때 상대방의 인격은 평등하게
존중해야 하지만, 그들에게 쏟는 내 마음은
균등(1/N)하게 줘선 안 되고, 그럴 수도 없다.

무관심도 필요하다.
모두에게 똑같이 관심을 줬다가는
결과적으로 내 인생이 피폐해진다.

문제없는 인생

이 또한 지나갈 것이지만,
그냥 그렇게 흘려보낸다면
만약 같은 문제가 또 터지면
그 또한 똑같이 힘들 거야.
그러니 그냥 흘려보내지 말자.

결국 중요한 건,
어차피 흘러갈 시간을
어떻게 보내느냐가 중요해.

그 안에서 내가 무엇을 얻고,
깨닫고, 배웠느냐가 중요하지.
그렇게 시간을 보낸 후에

너라는 선물

다시 같은 문제를 만났을 때는
내가 이전보다 더 큰 사람이 돼있어서
예전에는 힘들었을 문제도 더 이상
나에게는 문제가 아니게 되는 거야.

인생에 문제가 없는 사람은 무덤 속에나 있어.
문제는 없을 수가 없는 법이니까.
아무 문제가 없는 인생이 좋은 게 아니라
어떤 문제를 갖다 줘도 "문제없음!"이라고
말할 수 있는 게 정말로 멋진 인생이야.

잘못된 자기 확신을 버려라

———————

어떤 방송 프로그램에서 한 음식점 사장이
많은 시청자들에게 공분을 샀다.
외식경영 전문가가 제공한 솔루션은 하나도 실행하지 않고,
자꾸 비법을 알려달라고 '비법 타령'을 하더라.
전문가는 어이가 없어서 헛웃음을 지으며 말했다.

"다 알려줬는데 본인이 안 했지 않느냐,
지난번에 우리 다 같이 원가 계산해보지 않았느냐"고
말하니 이런저런 핑계를 대고, 하나를 얘기하면
그에 대한 핑계를 늘어놓는다. 전문가는 한숨 쉬며 말했다.
"사장님은 말끝마다 핑계야!" 그러자 돌아온 대답은
"뭘 핑계야, 그냥 말하는 거지."

너라는 선물

끝내는 음식의 가격까지 올리려고 하자
전문가는 한숨 쉬며 말했다.
"아니, 사장님... 여기서 가격을 올린다는 건...
그건 망하자는 소리지..."

세상에는 뭐든 쉽게 얻으려는 사람들이 있다.
기본만 지켜도 중간은 가는데, 기본도 안 하면서
'특별한 무언가가 있지 않을까...'란 생각에
요행을 바라고, 쉬운 길을 찾는다.
그런데 내가 인생을 오래 산 건 아니지만
뼈저리게 깨닫는 한 가지가 있다면
제대로 하는 게 제일 빨리 가는 길이고,
있는 거라도(주어진 거라도) 정말 제대로 해내는 게
제일 빨리 잘되는 길이더라.

열정과 휴식 사이

앞을 봐야 할 때는 앞을 보고 나아가야 한다.

하지만 앞만 보고 달리면 여유를 잃기가 쉽다.

열심히 사는 사람일수록 시야가 좁아지기가 쉽다.

시야가 좁아지면, 큰 사고가 날 수도 있다.

그래서 앞만 본다는 건 굉장히 위험한 일이다.

근육도 수축과 이완을 반복하면서 성장한다.

삶에서도 치열하게 몰입하며 에너지를 쓰는

수축의 과정과 잠시 몸과 마음에 쉼을 주는

이완의 과정 사이에 균형이 꼭 필요하다.

뇌신경 전문가들과 세계적인 성과 코치들은

모두 하나같이 비슷하게 하는 말이 있다.

"50분을 일하면, 10분은 쉬어라."

일과 일 사이에 적절한 휴식을
전략적으로 넣어줘야 계속할 수 있다.
그리고 내가 원하는 것도 이룰 수 있다.

내가 쉼 없이 일하는 게 중요한 게 아니라
원하는 성과를 제대로 내는 게 중요하다.

결국 무언가를 이뤄내는 건 '사람'이 할 일이고,
사람은 '열정과 휴식'이 동시에 필요한 존재다.

열정만 있으면 조급해지고,
휴식만 있으면 안일해진다.

일할 때는 온전히 그 순간에 할 일에만 몰입하자.
쉴 때는 온전히 쉬며 한 걸음 떨어져 나를 돌아보자.

한 사람은 한 세상이다

기아대책 희망대사
메시지

내게 주어진 삶을 앞으로 더 가치 있게 살기 위해,
내게 주어진 모든 것들이 당연한 권리가 아니라
소중한 선물이라고 여기며 감사하기 시작하자
자연스레 '어떻게'를 고민하기 시작한 적이 있다.

그 선한 마음과 동기를 그저 마음을 먹은 것에 그치지 않고
'어떻게' 하면 계속 간직하고 더 키울 수 있을지,
내가 지금 바로 여기에서 할 수 있는
작은 실천이 무엇일지를 고민한 끝에
국내 최초 국제구호개발 NGO인 〈기아대책〉을 통해
아동들을 결연하기 시작했다.
신기하게도 관계자분으로부터
오랜 독자였다며 반가운 연락이 왔고,
이는 자연스럽게 만남으로 이어졌다.
관계자분들이 〈기아대책〉에 대한 소개가 담긴 안내문을

보여주셨는데, 보는 내내 계속해서 한 단어에 눈길이 갔다.
'기아'라는 단어를 볼 때마다 무거움이 전해졌다.
'기아'라는 단어는 이미 그 단어에서부터
아이를 긍휼의 대상으로 바라보게 한다.
그리고 '대책'이란 단어도 아이를 문제의 대상으로 바라보게 한다.

'어떻게 하면 이들을 바라보는 초점을 바꿀 수 있을까?'를
고민하자 그 순간 번뜩하고 아이디어가 났고 이 문장을 적었다.

기적의 아이들(Miracle Child)
대한민국과 세상을 책임질 희망 친구(Hope Friend)

그 순간 단어의 의미가 바뀌었다.
아이들은 긍휼의 대상에서 희망의 대상으로,
문제의 대상에서 기대의 대상으로 바뀌었다.

똑같은 하루를 살아도
'어떻게' 보내느냐가 그 시간의 가치를 다르게 만들고,
똑같은 말이라도 '어떻게' 전달하느냐에 따라
상대방의 반응이 달라진다.

결국 '어떻게'가 그 안에 담긴 '의미'를
가치 있게 하고 빛나게 한다.
삶을 더 아름답고 향기롭게 만드는 것도

내가 바라보는 것들에 부여하는 '의미'다.

이 글을 보고 있을 당신도,
이 글을 쓰고 있는 나도..
우리를 사랑하는 사람들에게 있어서
세상이자 전부이고 기적이다.

'한 사람'은 '한 세상'이다.
우리가 온 세상을 바꿀 수는 없겠지만,
한 아이가 바라보는 세상을 바꿔줄 순 있다.

세상을 바꾼다는 건 거창한 게 아니다.
위대한 사람들만이 할 수 있는 것도 아니다.
작은 물방울이 모여 거대한 대양을 이루듯이,
한 세상을 변화시킬 때 그것이 결과적으로
온 세상을 변화시키는 일이 된다.

내가 지금 서있는 이곳에서
내가 이미 가지고 있는 것으로
내가 할 수 있는 지극히 작은 사랑을
한 세상을 위해 건넬 용기를 발휘할 때
나는 그 순간 세상을 바꾸는 사람이 된다.

너라는 선물